禪房日記

선방일기

禪房日記

선
방
일
기

2010년 11월 29일 초판 1쇄
2024년 12월 18일 초판 12쇄

●
글   지허(知虛)
기획·진행   한국불교종단협의회
발행인   박상근(至弘)
편집인   류지호
편집이사   양동민
편집   김재호, 양민호, 김소영, 최호승, 하다해, 정유리
디자인   나비
일러스트   견동한
제작   김명환
홍보마케팅   김대현, 이선호, 류지수
관리   윤정안
콘텐츠국   유권준, 김대우, 김희준

●
펴낸 곳   불광출판사
              03169 서울시 종로구 사직로10길 17 인왕빌딩 301호
              대표전화
              02) 420-3200
              편집부
              02) 420-3300
              팩시밀리
              02) 420-3400

●
출판등록 제300-2009-130호(1979. 10. 10)

●
ISBN 978-89-7479-586-3 (03810)
값 13,000원

●
www.bulkwang.co.kr

●
ⓒ 지허, 2010

●

지허 스님

禪房日記

선방일기

불광출판사

책을 펴내며

『선방일기』는 1973년 월간 〈신동아〉에 연재되었던 작품입니다. 모두 23 편의 에피소드로 구성되어 있으며, 이미 1993년과 2000년 각각 단행본 으로 출간된 적이 있습니다.

　　『선방일기』는 1970년대를 전후한 선방의 모습을 생생히 묘사하 고 있어 그동안 좋은 '사료'의 역할을 해왔으며 후학들에게도 큰 경책이 되었습니다. 일반인들의 호응도 대단해 이미 수만 부가 팔린 것으로 알 려져 있습니다.

　　하지만 이 글을 쓴 스님에 대해 알려진 것은 '지허(知虛)'라는 법명 뿐입니다. 글을 쓴 이후의 행적에 대해서도 도무지 그 행방을 알 수 없었습 니다. 이번 발행을 앞두고 조계종 총무원에 승적 문의를 하였으나 출가년 도와 속명을 알 수 없는 상태에서 법명(法名)만으로 신원을 확인할 수 있는 길이 없다는 답변만을 받았습니다. 또 일설에 탄허스님 문하였다는 주장이 있어 문도회에 문의를 했으나 역시 알 수 없다는 답변을 받았습니다.

두 번의 단행본 출간 당시의 주장 역시 확실치는 않습니다. 모두 서문에서 글쓴이가 서울대 출신이라고 밝히고 있으며 『선방일기』는 신동아 논픽션 공모에 당선된 작품이라고 소개하고 있습니다. 하지만 이 책 출간 직전 재차 확인해 본 결과 〈신동아〉에 연재된 사실은 맞지만 논픽션 공모에 당선된 작품은 아닌 것으로 확인됐습니다. 서울대 출신이라는 것 역시 확실치가 않습니다.

하지만 글 속에 나타나는 여러 정황으로 미루어 보아 저자의 세속에서의 공부와 번민이 만만치 않았음은 충분히 짐작할 수 있습니다.

『선방일기』가 그동안 많은 사랑을 받았음에도 재출간이 되지 못했던 이유는 저작권 문제 때문이었습니다. 이에 한국불교종단협의회는 영문판과 중문판을 제작하면서 동시에 국문판의 판권 역시 한국저작권위원회의 법정허락 제도(공탁)을 통해 확보하고 재출간을 추진했습니다.

명백한 오탈자를 제외하고는 〈신동아〉 연재 당시의 원문을 훼손치 않고 그대로 출간하기로 결정하였습니다.

이 책의 재출간이 수행자들에게는 '귀감'이 그리고 일반 독자들에게는 다시 한 번 깊은 '감동'이 되었으면 합니다.

2010년 11월 편집자

목차

上院寺行

상
원
사
행

나는 오대산(五臺山)의 품에 안겨 상
원사(上院寺) 선방을 향해 걸어 나아갔다. 지나간 전쟁 중 초토작전
(焦土作戰)으로 회진(灰塵)되어 황량하고 처연하기 그지없는 월정사
(月精寺)에 잠깐 발을 멈추었다. 1천3백여 년의 풍우에 시달린 구층
석탑(九層石塔)의 탑신(塔身)에 매달린 풍경소리에 감회가 수수롭다.

탑전(塔前)에 비스듬히 자리잡은 반가사유보살상(半伽思惟菩薩
像)이 후학납자(後學衲子: 禪僧)를 반기는 듯 미소를 지우질 않는다.

수복(收復) 후에 세워진 건물이 눈에 띈다. 무쇠처럼 단단하
여 쨍그렁거리던 선와(鮮瓦)는 어디로 가고 목어(木魚) 기둥이 웬일
이며, 열두 폭 문살 문은 어디로 가고 영창에 유리문이 웬일인가.
당대의 거찰(巨刹)이 이다지도 초라해지다니. 그러나 불에 그을린
섬돌을 다시 찾아 어루만지면서 복원(復元)의 역사(役事)를 면면히
계속하고 있는 원력(願力) 스님들을 대하니 고개가 숙여지면서 선

방을 향한 걸음이 가벼워진다.

　월정사에서 상원사까지는 삼십 리 길이다. 개울의 징검다리를 건너서 화전민의 독가촌(獨家村)을 지나기를 몇 차례 거듭하니 해발 1천 미터에 위치한 상원사에 다다른다.

　상원사는 지금부터 1,360여 년 전 신라 선덕여왕 때 자장율사(慈藏律師)가 초창한 사찰로서 오늘날까지 선방으로서 꾸준히 이어 내려온 선(禪) 도량(道場)이다. 고금을 통해 대덕(大德)스님들의 족적이 끊이지 않는 이유는 중대(中臺)에 자리잡은 적멸보궁(寂滅寶宮) 때문이다.

　적멸보궁이란 부처님의 정골사리(頂骨舍利)를 모신 도량을 말함인데, 이런 도량에서는 불상(佛像)을 모시지 않으며 우리나라에는 5대 적멸궁(寂滅宮)이 있으니 양산 통도사(通度寺), 영월 법흥사(法興寺), 태백산 정암사(淨巖寺), 설악산 봉정암(鳳頂菴), 오대산 중대(中臺)이다.

　기독교의 예루살렘이나 회교의 메카처럼 납자(衲子)나 불교도(佛敎徒)들이 평생순례를 염원하는 성지(聖地)로 꼽힌다. 근세에는 이 도량에서 희대의 도인(道人)이신 방한암(方漢巖) 대선사(大禪師)가 상주 교화했기 때문에 강원도 특유의 감자밥을 먹으면서도 선객(禪客)이라면 다투어 즐거이 앉기를 원한다. 지나간 도인들의 정다운 체취가 도량의 곳곳에서 다사롭고, 청태(靑苔) 낀 기왓장과 때묻은 기둥에는 도인들의 흔적이 역연(歷然)하다.

납자(衲子) : 납의를 입은 사람이라는 뜻으로, 스님을 이르는 말이다.

종각에는 국보(國寶)로 지정된 청동제 신라대종(新羅大鐘)이 매달려 있어 1천 수백 년 동안 불음(佛音)을 끊임없이 천봉만학(千峯萬壑)을 굽이져 사바(娑婆) 세계에 메아리로 전해 주었노라고 알리고 있다.

종문(鐘紋)의 비천상(飛天像)이 불심(佛心)을 계시하면서, 초겨울의 서산에 비껴섰다. 큰방 앞에서 객(客)이 왔음을 알리자 지객(知客) 스님(손님 담당)이 친절히 객실(客室)로 안내한다.

객실은 따뜻하다. 감자밥이 꿀맛이다. 무척이나 시장했던 탓이리라. 진부(珍富) 버스정류소에서부터 줄곧 걸었으니 피곤이 온몸에 눅진눅진하다. 원주(院主)스님과 입승(立繩)스님께 방부(房付)를 알리니 즉석에서 허락되었으나 큰방에 참석치 않고 객실에서 노독을 달래었다.

원주(院主) : 사찰 살림을 총괄 담당하는 직책
입승(立繩) : 스님의 통솔을 담당하는 직책
방부(房付) : 절에 가서 좀 있기를 부탁하는 것

김장울력

아침공양이 끝나자 방부(房付)를 들였다. 장삼(長衫)을 입고 어간(御間: 절의 法堂이나 큰방 한복판)을 향해 큰절을 세 번 한다.

본사(本寺)와 사승(師僧) 그리고 하안거(夏安居) 처소를 밝히고 법명(法名)을 알리는 것으로 끝을 맺었다. 선착(先着) 스님들은 환영도 거부도 하지 않는다. 그저 담담히 부장불영(不將不迎)할 뿐이다.

법계(法階)의 순에 따라 좌석의 차서(次序)가 정해진다. 비구계(比丘戒)를 받은 나는 비구석 중 연령순에 따라 자리가 주어졌다. 내가 좌정하자 입승스님이 공사(公事)를 발의했다.

공사란 절에서 행해지는 다수결을 원칙으로 하는 일종의 회의를 말함인데, 여기에서 의결되는 사항은 여하한 상황이나 여건 하에서도 반드시 실행되어야 한다. 적게는 울력(단체 노동)으로부터 크게는 산문출송(山門黜送, 쫓아냄)에 이르기까지 모두 이 공사를 통하여 채택되고 결정된다.

본래 절 생활이란 주객(主客)이 없고, 자타(自他)가 인정되지 않고, 다만 우리들이라는 공동생활만이 강요되는 곳이다. 그러므로 필연적으로 질서와 법도의 준수가 요구되며 개인행동이 용납되지 않는다. 그래서 생활의 외양은 극히 공산(共産)적이지만 내용은 극히 자주(自主)적이라고나 할까.

공사의 내용은 김장 울력이다. 반대의견이 있을 수 없다. 겨울을 지낼 스님들이니 김장을 속결하자는 의견만 구구했다.

오늘 아침공양 대중(스님들)은 스물세 명이다. 원주스님과 젊고 건장한 두 스님이 양념 구입차 강릉으로 떠나고 나머지 스님들은 무, 배추를 뽑은 뒤 각자의 소질대로 일에 열중했다. 무 구덩이를 파고 배추를 묻기 위해 골을 파는 일은 주로 소장스님들이 하고, 시래기를 가리고 엮는 일은 노장스님들이 맡고, 배추를 절이고 무를 씻는 일은 장년스님들이 담당했다.

배추 뿌리와 삶은 감자로 사이참을 먹으면서 부지런히들 했다. 해는 짧기도 하지만 무척이나 차가웠다. 오대산(五臺山)이고 더구나 상원사(上院寺) 도량(道場)의 10월이니까 그럴 수밖에.

김장이 끝난 후 조실(祖室)스님은 버린 시래기 속에서 열심

조실(祖室): 원래는 참선을 지도하는 직책이라는 뜻이다. 흔히 사찰에서 최고 어른을 이를 때 쓴다. 절의 규모가 커서 종합수도원인 총림(叢林)을 갖추고 있을 경우에는 방장(方丈)이라 부르고, 총림 아래 단계의 절에서는 조실이라 부른다.

히 손을 놀리고 있었다. 김장에서 손을 턴 스님들은 거들떠보지도 않는다. 조실스님은 최악의 경우 최소한도로 먹을 수 있는 시래기를 다시 골라 엮고 있었다. 나도 조실스님을 도와 시래기를 뒤졌다. 조실스님이 조용히 입을 열었다.

"옛날 어느 도인(道人)이 주석하고 계시는 토굴을 찾아 두 납자가 발길을 재촉했었다오. 그런데 그 토굴에서 십(十) 리쯤 떨어진 개울을 건너려고 할 때 이런 시래기 잎이 하나 떠내려 오더래요. 그러자 두 납자는 발길을 멈추고 이렇게 중얼거리더래요. '흥, 도인은 무슨 도인, 시래기도 간수 못하는 주제인데 도는 어떻게 간수하겠어. 공연히 미투리만 닳게 했구료.' 하면서 두 납자가 발길을 되돌려 걷자 '스님들, 스님들, 저 시래기 좀 붙잡아 주고 가오. 늙은이가 시래기를 놓쳐 십 리를 쫓아오는 길이라오.' 두 납자가 돌아보니 노장스님이 개울을 따라 시래기를 쫓아 내려오고 있더래요. 시래기를 붙잡은 두 납자의 토굴을 향한 발걸음은 무척 가벼웠겠지요."

과묵한 조실스님이 계속해서 시래기를 엮으면서 말을 이어 나갔다.

"어떠한 상황 하에서도 식물(食物)은 아껴야만 하겠지요. 식물로 되기까지 인간이 주어야 했던 시간과 노동을 무시해 버릴 순 없잖아요. 하물며 남의 손을 거쳐 만들어진 식물이야 더욱 아껴야 하겠지요."

나는 침묵하면서 시래기를 뒤적일 뿐이었다. 진리 앞에서 군말이 필요할까.

산사의 겨울채비

十
月
五
日

원주스님의 지휘로 메주 쑤는 작업이 시작되었다. 대중생활이고 보니 언제나 분업은 철저히 시행된다. 콩을 씻어 삶는 것으로부터 방앗간을 거쳐 메주가 되어 천장에 매달릴 때까지의 작업과정에서 대중 전체의 손이 분업 형식으로 거치게 마련이다.

입이 많으니 메주의 양도 많지만 손도 많으니 메주도 쉽게 천장에 매달렸다. 스무 말들이 장독에는 수년을 묵었다는 간장이 새까맣다 못해 파랗고 흰빛까지 드러내 보이면서 꽉 차 있지만 어느 때 어떤 종류의 손님이 얼마나 많이 모여 와서 간장을 먹게 될지 모르니까 언제나 풍부히 비축해 두어야 한다는 원주스님의 지론이다.

동안거(冬安居)를 작정한 선방에서 겨울을 지내자면 김장과 메주 작업을 거들어주어야 한다는 것이 선객(禪客)들의 불문율로 되어 있는 관습이다. 김장과 메주 울력이 끝난 다음에 온 스님들은 송구스

럽다면서 낮 시간에 좌선(坐禪)을 포기하고 땔나무하기에 열중했다.

　　그러자 전체 대중(스님)이 땔나무를 하기에 힘을 모았다. 상
원사는 동짓달부터 눈 속에 파묻히면 다음해 삼월 초까지는 나뭇
길이 막혀버린다. 눈 속에서는 나무와 함께 살아야 하기 때문에
땔나무는 많을수록 좋았다.

　　상원사를 기점으로 반경 2킬로미터 이내의 고목 넘어지는
굉음이 며칠 동안 요란하더니 20여 평의 장작이 13일 날 오후에
나뭇간에 쌓여졌다.

결제 結制

十
月
十
四
日

　　　　　　　결제(結制)를 하루 앞둔 날이다. 결
제란 불가용어(佛家用語)로서 안거(安居)가 시작되는 날을 말하고, 안
거가 끝나는 날을 해제(解制)라고 한다.

　　　안거란 일 년 네 철 중에서 여름과 겨울철에 산문(山門, 절) 출
입을 금하고 수도에 전력함을 말한다. 하안거(夏安居)는 4월 15일
~7월 15일이고 동안거(冬安居)는 10월 15일~1월 15일이다. 흔히
여름과 겨울은 공부철이라 하고, 봄과 가을은 산철이라 하는데 공
부철에는 출입이 엄금되고, 산철에는 출입이 자유롭다. 그래서 결
제를 위한 준비는 산철에 미리 해야 한다.

　　　선방생활(禪房生活)과 병영생활(兵營生活)은 피상적인 면에서
극히 유사한 점이 많다. 출진을 앞둔 임전태세의 점검이 무인(武人)
의 소치라면 결제에 임하기 위한 제반 준비는 선객(禪客)이 할 일이
다. 선방에 입방하면 침식은 제공 받지만 의류나 그 밖의 필수품은

자담(自擔)이다. 월동을 위한 개인 장비의 점검이 행해진다. 개인 장비라야 의류와 세면도구 및 몇 권의 불서(佛書) 등일 뿐이다. 바랑을 열고 내의와 양말 등속을 꺼내어 보수하면 끝난다. 삭발을 하고 목욕을 마치면 물(物)적인 것은 점검이 완료된다.

오후에 바람이 일더니 해질녘부터는 눈발이 날렸다. 첫눈이어서 정감이 다사롭다.

오늘도 선객(禪客)이 여러 분 당도했다. 어둠이 짙어 갔다. 결제를 앞두고 좌선에 든 스님들은 동안거에 임할 마음의 준비를 마지막 점검해 본다. 밖은 초설(初雪)이 분분하다.

소
임

　　　　　　　　삼동결제(三冬結制)에 임하는 대중이
36명이다. 조공(朝供, 아침공양)이 끝나자 공사가 열렸고 결제방(結制榜)
이 짜여졌다. 결제방이란 결제 기간에 각자가 맡은 소임이다.

　　36명의 대중을 소임별로 적어보면
　　조실(祖室) 1명 – 산문(山門)의 총사격(總師格)으로
　　　　　　　　　　선리(禪理) 강화 및 참선지도
　　유나(維那) 1명 – 포살(布薩, 계행과 율의) 담당
　　병법(秉法) 1명 – 제반시식(諸般施食) 담당
　　입승(立繩) 1명 – 대중(大衆) 통솔
　　주지(住持) 1명 – 사무총괄(寺務總括)
　　원주(院主) 1명 – 사중(寺中) 살림살이 담당
　　지전(知殿) 3명 – 전각의 불공(佛供) 담당

지객(知客) 1명 - 손님 안내

시자(侍者) 2명 - 조실(祖室) 및 주지(住持) 시봉(侍奉)

다각(茶角) 2명 - 차(茶) 담당

명등(明燈) 1명 - 등화(燈火) 담당

종두(鍾頭) 1명 - 타종(打鍾) 담당

헌식(獻食) 1명 - 귀객식물(鬼客食物) 담당

원두(園頭) 2명 - 채소밭 담당

화대(火臺) 2명 - 화력 관리(火力管理, 군불 때기)

수두(水頭) 2명 - 식수 관리

욕두(浴頭) 2명 - 목욕탕 관리

간병(看病) 1명 - 환자 간호

별좌(別座) 1명 - 후원(後園) 관리

서기(書記) 1명 - 사무서류 담당

공사(供司) 2명 - 불공(佛供, 공양과 주식) 담당

채두(菜頭) 2명 - 부식(副食) 담당

부목(負木) 4명 - 신탄(薪炭, 땔감) 담당

소지(掃地) 모두 - 청소

나의 소임은 부목(負木)이다. 소임에 대한 불만도 없지만 그렇다고 만족도 없다. 단체생활이 강요하는 질서와 규율 때문이다.

결제 불공이 끝나고 조실스님의 법문이 시작되었다.

"영원한 것은 하나도 없다. 그러나 모든 것은 영원하다. 물질의 형태에서 보면 영원성은 부정되고 물질의 본성에서 보면 영원성이 긍정된다. 영원성을 부인함은 인간의 한계상황 때문이요, 영원성을 시인함은 인간의 가능상황 때문이다. 영원성을 불신함은 중생의 고집 때문이요, 영원성을 확신함은 불타(佛陀)의 열반(涅槃) 때문이다. 인간의 한계성을 배제하고 가능성을 최대한으로 개발하여 저 눈 속에서 탄생의 기쁨을 위해 조용히 배자(胚子)를 어루만지는 동물처럼, 얼어붙은 땅속에서 배아(胚芽)를 키우는 식물처럼 우리도 이 삼동(三冬)에 불성(佛性)을 계발(啓發)하여 초춘(初春)엔 기필코 견성(見性)하도록 하자. 끝내 불성(佛性)은 나의 안에 있으면서 영원할 뿐이다."

법문의 요지였다. 법문을 하는 스님이나 듣는 스님들이나 견성을 위해 이번 삼동에는 백척간두에 서서 진일보하겠다는 결단과 의지가 충만해 있다.

다혈질인 몇몇 스님들은 이를 악물면서 주먹을 굳게 쥐기도 했다. 법문이 끝나고 차담(茶談)이 주어지면서 입승스님에 의해 시간표가 게시되었다.

2시 30분　　기침(起寢)

3시～6시　　참선(慘禪, 입선 및 방선)

6시～8시　　청소, 조공(朝供, 아침공양), 휴게

8시~11시	참선
11시~1시	오공(午供, 점심공양), 휴게
1시~4시	참선
4시~6시	약석(藥夕, 저녁공양), 휴게
6시~9시	참선
9시	취침(就寢)

• 단 망회일(望晦日)에는 오전에 포살이 있음.

오후 1시가 되자, 시간표에 의해 동안거의 첫 입선(入禪)을 알리는 죽비(竹篦, 불사佛事의 시종始終을 알리는 대쪽으로 만든 물건) 소리가 큰방을 울렸다.

각기 벽을 향해 결가부좌(結跏趺坐)를 취했다. 고요했다. 숨소리마저 들리지 않았다.

이 삼동에 견성하겠다는 소이에서일까. 외양은 문자 그대로 면벽불(面壁佛)처럼 미동도 없다. 그러나 그 내양(內樣)은 어떠할까. 무장하고 출진하는 무사(武士)와 같다.

우열은 전쟁터에서 용장(勇將)과 패장(敗將)으로 구분되듯이 시간이 지나야 각자의 자량(資糧)과 분수가 노출되면서 공부가 익어가는 모습이 비쳐지리라.

禪房 生態

선방의 생태

十月二十日

이번 선방의 구성원은 극히 복합적이다. 이질성과 다양성이 매우 뚜렷하다. 먼저 연령을 살펴보면 16세의 홍안(紅顔)으로부터 고희(古稀)의 노안(老顔)에까지 이른다. 세대적으로 격(隔)이 3대에 이른다. 물론 세수(世壽)와 법랍(法臘)과는 동일하지 않지만. 다음에 출신 고장을 살펴보면 팔도(八道) 출신들이 제각기 제고장의 독특한 방언을 잊지 않고 수구초심(首丘初心)에 가끔 젖는다. 북방 출신들은 대부분 노장년층(老壯年層)이다.

학력별로 살펴보면 사회적인 학력에서는 교문을 밟아보지 못했는가 하면, 대학원 출신까지 있다. 불교적인 학력[講院學習]에

법랍(法臘) : 스님이 된 뒤로부터 치는 나이
강원(講院) : 입산해 행자 생활을 마치면 입학해야 하는 불교전문교육기관. 총 4년제로 운영되며 연차에 따라 위로 올라가면서 치문(緇門)·사집(四集)·사교(四敎)·대교(大敎) 반으로 나뉜다.

서는 『초발심자경문(初發心自警文)』도 이수치 않았는가 하면 대교(大教)를 마치고 경장(經藏)에 통달한 대가(大家)도 있다.

다음으로 출신 문벌로 보면 재상가(宰相家)의 자제가 있는가 하면 비복(婢僕)의 자제도 있다.

물론 선방에서는 이러한 조건들이 하나도 문제될 바 아니지만 그래도 견성하지 못한 중생들인지라 유유상종(類類相從)은 어쩔 수 없어 휴게시간에는 끼리끼리 자리를 같이 함을 볼 수 있다. 내분이나 갈등이 우려되지만 출가인들이어서 그 점은 오히려 기우(杞憂)에 지나지 않는다.

그러나 간과(看過)할 수 없는 사실은 출신 성분이 다른 모임이긴 하지만 전체가 무시되고 개인이 위주가 된다는 점이다. 견성이라는 목표를 위해서는 처음도 자아(自我)요, 마지막도 자아다. 수단도 자아요, 목적도 자아다. 견성하지 못하고서 대아(大我)를 말함은 미망(迷妄)이요, 위선일 뿐이다. 철저한 자기 본위의 생활은 대인관계에 있어서 극히 비정하게 느껴진다.

하지만 이 비정한 자기 본위의 생활에 틈이 생기거나 흠결이 생기면 수도(修道)란 끝장을 알리면서 선객은 태타(怠惰)에 사로잡힌 무위도식배가 되고 만다. 자기 자신에게 철저하게 비정할수록 견성의 길은 열려지는 것이다. 전후좌우 상고하찰(上顧下察)해 보아도 견성은 끝내 혼돈된 자아로부터 출발하여, 조화된 자아에서 멈춰질 수밖에 없다. 견성은 끝내 자아의 분방한 연역(演繹)에서

적료(寂寥)한 자아로 귀납(歸納)되어야 한다.

비정 속에서, 비정을 씹으면서도, 끝내 비정을 낳지 않으려는 몸부림, 생명을 걸고 생명을 찾으려는 비정한 영혼의 편력(모험)이 바로 선객들의 상태다. 진실로 이타(利他)적이기 위해서는 진실로 이기(利己)적이어야 할 뿐이다. 모순의 극한에는 조화가 있기 때문일까. ⚲

선객의 운명

선방에 전래되는 생활규범이 있으
니 그것은 두량 족난 복팔분(頭凉 足煖 腹八分)이다.(머리는 시원하게, 발은
따뜻하게, 배는 만복滿腹에서 이분二分이 모자라는 팔분) 의식주(衣食住)의 간소
한 생활을 표현한 극치이다.

선방에는 이불이 없다. 좌선할 때 깔고 앉는 방석으로 발만
덮고 잠을 잔다. 그래서 선객의 요품(要品) 중의 하나가 바로 방석
이다. 옮겨 다닐 때에는 바랑에 넣어가지고 다닌다.

선방의 하루 급식량은 주식이 일인당 세 홉이다. 아침에는
조죽(朝粥)이라 하여 죽을 먹고 점심에는 오공(午供)이라 하여 쌀밥
을 먹고 저녁에는 약석(藥夕)이라 하여 잡곡밥을 약간 먹는다. 부식
은 채소류가 위주고 가끔 특식으로 두부와 김과 미역을 보름달 보
듯 맛볼 수 있다.

선객이 일 년에 소비하는 물적인 소요량은 다음과 같다.

주식비 3홉 365일= 1,095홉^(1,095홉 × 15원= 16,425원)

부식 및 잡곡은 자급자족

피복비

승복^(僧服) 광목 20마^(20마 × 50원= 1,000원)

내복^(1,500원)

신발 고무신 2족^(2족 × 120원= 240원)

합계 2만원이면 족하다.

그래서 선객은 모름지기 '삼부족^(三不足)'을 운명처럼 받아들여야 하는 것이 불문율로 되어 있다. 식부족^(食不足), 의부족^(衣不足), 수부족^(睡不足)이 바로 그것이다.

인간의 추태는 갖가지 욕망의 추구에서 비롯되는데 욕망에서 해방은 되지 못했으나 외면만이라도 하고 있다는 것 때문에 세속의 70 노파가 산문^(山門)의 홍안납자^(紅顏衲子)에게 먼저 합장하고 고개 숙이는가 보다.

그러나 잘 따지고 보면 납자는 철저하게 욕망의 포로가 되어 전전긍긍한다. 세속인들이야 감히 엄두도 못 낼 뿐더러 생사문제까지 의탁해 버린 부처가 되겠다는 대욕^(大欲)에 사로잡혀 심산유곡을 배회하면서, 면벽불^(面壁佛)이 되어 스스로가 정신과 육체에서 고혈^(膏血)을 착취하는 고행을 자행하는 것이다.

무욕(無欲)은 대욕(大欲) 때문일까. 선객은 스스로가 인간은 끝내 견성하지 않으면 안 될 고집(苦集, 고통의 덩어리)의 존재임을 자각하고 스스로 고(苦)의 땅 위에, 고(苦)의 집을 짓고, 고(苦)로써 울타리를 치고, 고(苦)의 옷을 입고, 고(苦)를 먹고, 고(苦)의 멍에를 쓰고, 고(苦)에 포용된 채, 고(苦)의 조임을 받아가면서도 고(苦)를 넘어서려는 의지만을 붙들고 살아간다.

만약 이 의지를 놓친다면 그때는 생의 모독자가 되고 배반자가 된 채 암흑의 종말을 고할 뿐이라는 것을 누구보다도 잘 알면서 운명적으로 붙들 수밖에 없다.

선객은 숙명의 소산이 아니라 운명의 소조(所造)이다. 숙명은 자기 이전에 던져진 의지와 주어진 질서여서 생래적으로 어쩔 수 없는 선천적인 사실이지만 운명은 자기 자신의 의지와 자유로이 선택한 후천적인 현실이다.

그래서 숙명은 필연이지만, 운명은 당위(當爲)요, 숙명이 불변이라면, 운명은 가변이요, 숙명이 한계성이라면, 운명은 가능성을 의미한다. 갑부(甲富)의 아들로 태어나지 못하고 거지의 아들로 태어난 것이 숙명의 소산이라면 자라서 갑부가 된 것은 운명의 소조이다.

내가 이나 벼룩으로 태어나지 않고 인간으로 태어난 것은 숙명의 소치이고 인간이기 때문에 불교에 귀의하고 정진 견성할 수 있다는 것은 운명의 소조에서다.

현재의 나는 숙명의 객체이지만 운명의 주체이다. 숙명은 자기 부재(不在)의 과거가 관장했지만 운명은 자기 실재(實在)의 현재가, 그리고 자신이 관장하는 것이어서 운명을 창조하고 개조할 수 있는 소지는 운명(殞命) 직전까지 무한히 열려져 있다.

숙명의 필연성을 인식하면 운명의 당위성을 절감하게 된다. 어떠한 상황 하에서도 숙명적인 것을 피하려고 괴로워할 것이 아니라 이해해야 하며 운명적인 것은 붙잡고 사랑해야 할 뿐이다.

고집(苦集)의 표상 같은 누더기를 이해하고 사랑할 수 있는 선객이야말로 견성의 문턱에서 문고리를 잡고 있는 것과 마찬가지다. 끝내 운명은 타기될 것이 아니라 파지(把持)되어야 함은 선객의 금욕생활이 극한에 이를수록 절감되는 상황 때문이다. ⊥

포
살

그믐이다. 삭발하고 목욕하고 세탁
하는 날이다. 보름과 그믐에는 불보살(佛菩薩)이 중생을 제도하는 날
이기 때문에 세탁을 한다. 특히 겨울철에는 내복을 입어야 하고 내
복에는 이 따위가 있기 때문에 세탁을 하면 살생을 하는 결과가 된다.

겨울철 목욕탕과 세탁장 시설이 협소하니 노스님들에게 양
보하고 젊은 스님들은 개울로 나가 얼음을 깨고 세탁을 하고 목욕
은 중요한 부분만 간단히 손질하는 것으로 끝낸다.

날카롭게 번쩍이는 삭도(削刀)가 두개골을 종횡으로 누비는
것을 바라볼 때는 섬뜩하기도 하지만 내 머리카락이 쓱쓱 밀려 내릴
때는 시원하고 상쾌하다. 바라보는 것과 느끼는 것의 차이 때문이다.

오후에는 유나(維那)스님의 포살이 행해진다. 삼장(三藏, 經·律·論)
중에서 율장(律藏)을 다룬다. 사분율의(四分律儀)에 의해 사미 10계
(戒), 비구 250계(戒)가 나열되고 설명된다.

포살
●

선(禪)은 원칙적으로 교외별전(教外別傳, 교설 밖에 따로 전함) 직지인심 견성성불(直指人心 見性成佛, 곧바로 자신의 마음을 통해 자기의 본성을 보아 깨달음) 불립문자 견성성불(不立文字 見性成佛, 문자를 세우지 않고 자기의 본성을 보아 깨달음)을 외치면서 자성(自性)의 오득(悟得)을 주장한다. 인위적인 일체의 잡다한 형식을 무시하고 관계를 단절하고 심지어는 불경(佛經)까지를 외면한 채 오직 화두에 의한 선리참구(禪理參究)만을 목적으로 한다.

그래서 선객은 괴벽하게 보이고 비정하게 느껴진다. 그런 선객들에게 계율을 말하고 보살행을 설파함은 도로(徒勞)일 뿐이라는 걸 유나스님은 잘 알면서도 노파심 때문에 행하고 있고 또 대중들은 듣고 있다.

중생의 모순성 때문인지 모순의 이율성(二律性) 때문인지. 몇몇 스님들은 포살에 참석하기는 하나 유나스님의 개구성(開口聲)을 마이동풍격으로 처리하면서 자신의 화두에 정진하는가 하면 몇몇 스님들은 아예 밖으로 나가 포행을 하기도 한다. 그러면서도 포살을 폐지하자는 혁신론을 내세우지 않는 이유는 모든 것은 필연성과 당위성, 그리고 우연성까지 곁들인 역사성임에 틀림없으니 내가 견성하지 못하는 한 진부(眞否)나 가불가(可不可)를 판별할 수 없다. 그러니까 두고 보자는 극히 보수적이면서 현실적인 판단 때문이다. 불교의 제법종본래(諸法從本來) 때문일까. 실존철학의 존재는 존재를 존재시키기 위한 존재라는 것 때문일까.

중생세계에서 보면 필요성을 주장하면 이유가 되고 타당성을 주장하면 독선이 될 수밖에 없다. 그러니까 방관자가 된 채 그대로 보고 느끼면서 오직 견성에 매달려 중생계를 탈피하려 한다. 자신이 중생에 머물러 있는 한 모든 판단의 척도가 중생심일 수밖에 없으니까. 그래서 불가(佛家)에서는 시비(是非)는 터부로 여기지만 그러나 시비가 그칠 때가 없으니 역시 중생인지라 어쩔 수 없을 뿐이다. ⊥

선방의 풍속

선방의 역사는 뒷방에서 이루어진
다. 뒷방의 생리를 살펴보자.

큰방과 벽 하나를 사이에 두고 길다랗게 놓인 방이 뒷방(혹은
지대방)이다. 일종의 휴게실이다. 개인 장구가 들어 있는 바랑이 선반
위에 줄줄이 담을 쌓고 있어서 누구나가 드나든다. 휴게시간이면 끼
리끼리 모여앉아 법담을 주고받기도 하고 잡담도 한다. 길게 드러누
워 결가부좌에서 오는 하체의 피로를 풀기도 하고 요가도 한다.

간병실(看病室)과 겸하고 있어 병기(病氣)가 있으면 치료도 한
다. 옷을 꿰매는가 하면 불서(佛書)를 보기도 한다. 편지를 쓰기도
하고 일기도 쓴다. 어느 선방(禪房)이거나 큰방 조실(祖室)이 있음과
동시에 뒷방 조실이 있다. 큰방 조실은 법력(法力)으로 결정되지만
뒷방 조실은 병기(病氣)와 구변(口辯)이 결정짓는다. 큰방에서 선방
의 정사(正史)가 이루어진다면 뒷방에서는 야사(野史)가 이루어진다.

선방에서는 뒷방을 차지하는 시간에 의해 우세가 결정되기도 한다. 뒷방을 차지하는 시간이 많은 스님은 큰방을 차지하는 시간이 적고 큰방을 차지하는 시간이 적은 스님은 점차로 선객의 옷이 벗겨지게 마련이다.

상원사의 뒷방 조실은 화대(火臺)스님이 당당히 차지했다. 위궤양과 10년을 벗하고 해인사(海印寺)와 범어사(梵魚寺)에서도 뒷방 조실을 차지했다는 경력의 소유자이고 보니 만장일치의 추대다.

사회에서는 고등교육을 받았고 불가에서는 사교(四敎)까지 이수했고 절밥도 10년을 넘게 먹었고, 남북의 대소 선방을 두루 편력했으니 뒷방 조실로서의 구비요건은 충분하다.

금상첨화격으로 달변에다 다혈질에다 쇼맨십까지 훌륭하다. 경상도 출신이어서 그 독특한 방언이 구수하다. 낙동강 물이 마르면 말랐지 이 뒷방 조실스님의 화제가 고갈되지는 않았다. 때로는 파라독스하고 때로는 페이소스하다. 때로는 도인의 경계에서 노는 것 같고 때로는 마구니의 경계에서 노는 것 같다. 제불조사(諸佛祖師)가 그의 입에서 사활(死活)을 거듭하는가 하면 현재 큰스님이라고 추앙되는 대덕(大德)스님들의 서열을 뒤바꾸다가 때로는 캄캄한 밤중이나 먹통으로 몰아붙이기도 한다.

무불통지요, 무소부지인 체하면서 거들먹거리지만, 그의 천성이 선량하고, 희극적인 얼굴 모습과 배우적인 소질 때문에 대중들로부터 버림받지는 않지만 추앙 받지도 못했다. 천부적인 뒷방 조실감이라는 명물로 꼽히고 있다.

　　그런데 이 뒷방 조실이 가끔 치명적으로 자존심에 난도질을 당하고 뒷방 조실의 지위를 위협당하는 때가 있으니 그것은 바로 원주스님 때문이다.

　　선방(禪房)의 살림살이를 맡고 있는 원주스님은 대중들의 생필품(生必品) 구입 때문에 강릉(江陵) 출입이 잦았다. 강릉에 가면 주거(住居)가 포교당(布教堂)인데, 포교당은 각처의 여러 스님들이 들렀다가 가는 곳이어서 전국 사찰과 스님들의 동태를 정확히 파악할 수 있다. 더구나 요즈음처럼 교통이 발달되고 보면 신문보다도 훨씬 빨리 그리고 자세히 알 수 있다.

　　원주스님도 꽤 달변이어서 며칠 동안 들어 모은 뉴스원(源)을 갖고 돌아오면 뒷방은 뒷방 조실을 외면하고 원주스님에게 이목이 집중된다. 그때 뒷방의 모든 헤게모니를 빼앗기고 같이 경청하고 있는 뒷방 조실의 표정은 우거지상이어서 초라하다 못해 처량하기까지 하다.

　　그러나 뉴스가 한 토막씩 끝날 때는 막간을 재빨리 이용하여 뉴스에 대한 촌평(寸評)으로 코믹한 사족(蛇足)을 붙이거나 독설을 질타하는 것으로 체면유지를 하다가 원주스님의 뉴스원이 고갈되자마자 맹호출림의 기상으로 좌중을 석권하기 위해 독특한 제스처로 해묵은 뉴스들을 끄집어내어 재평가를 하면서 일보통(日報通, 뉴스통)의 권위자임을 재인식시키기에 급급하다. 면역이 된 대중스님들은 맞장구를 치지도 않지만 삐에로의 후신인 양 지껄여댄다. 　⚘

유물과 유심의 논쟁

　　　　　　　　견성은 육체적인 자학에서만 가능
할까. 가끔 생각해보는 문제다.

　　우리 대중 가운데 특이한 방법으로 정진하는 스님들이 있다.
흔히들 선객을 괴객(怪客)이라고 하는데, 이 괴객들이 다시 괴객이
라고 부르는 스님들이 있다.

　　처음 방부 받을 때 논란의 대상이 된 스님은 명등(明燈)스님
이다. 이 스님은 생식(生食)을 하기 때문이다. 시비와 논란의 우여곡
절 끝에 방부가 결정되어 공양 시간에 뒷방에서 생식하기로 합의
되었다. 그래서 간편한 소임인 명등이 주어졌다.

　　수두(水頭)스님은 일종식(하루에 한 끼만 먹음)을 하고 원두스님
은 오후불식(午後不食)을 한다. 그리고 간병(看病)스님은 장좌불와(長
坐不臥, 눕지 않고 수면도 앉아서 취함)를 한다. 욕두(浴頭)스님은 묵언(默言)
을 취한다. 개구성(開口聲)이란 기침뿐이다. 일체의 의사는 종이에

유물과 유심의 논쟁
●

글을 써서 소통한다.

그 초라한 선객의 식생활에서 더욱 절제를 하려는 스님들이나, 하루 열두 시간의 결가부좌로 곤혹을 당하는 다리를 끝내 혹사하려는 스님이나, 스스로 벙어리가 된 스님을 대할 때마다 공부하려는 그 의지가 가상을 지나 측은하기까지 한다. 이유가 있단다. 스스로 남보다 두터운 업장을 소멸하기 위하여 또는 무복중생(無福衆生)이라 하루 세 끼의 식사는 과분해서라고.

뒷방에서 색다른 시비가 벌어졌다.

"도대체 인간이란 육체가 우위냐? 정신이 우위냐?" 하는 앙케이트를 던진 스님은 지전(知殿)스님이다. 언제나 선방의 괴객들을 백안시하는 이과(理科) 출신의 스님이다.

문과(文科) 출신인 부목(負木)스님이 면박했다.

"단연코 정신이 우위지요. 선객답지 않게 그런 설문을 던지시요. 입이 궁하면 염불이나 할 일이지요."

선객들은 대부분 불교의식(佛敎儀式) 특히 불공시식을 외면한다. 평소에 지전스님이 의식의 권위자처럼 으스대고 중이 탁자밥[佛供食物]은 내려 먹을 줄 알아야 한다는 주장에 못마땅하게 생각하던 부목스님이고 보니 비꼬는 투로 나왔다. 드디어 지전스님[理科]과 부목스님[文科]이 시비의 포문을 열었다. 지전스님이 물었다.

"정신을 지탱하는 것은 뭐요?"

"그거야 육체지요."

"뿌리 없는 나무가 잎을 피우지 못하고 구름 없는 하늘에서 비가 내리지는 않을 게요. 육체를 무시한 정신이 있을 수 있겠소?"

"육체가 있으니 정신이 있는 게 아니겠소. 어찌 상식 이하의 말을 하오. 정신과 육체의 우열을 가름하자고 하면서 말이오."

"논리적인 상식에 충실하시오. 우리는 지금 논리를 떠난 화두를 문제 삼은 것이 아니고 논리에 입각해서 정신과 육체의 우열을 가름하는 시비를 가리고 있는 거요. 결국은 유물(唯物)이냐 유심(唯心)이냐라는 문제가 되겠소만."

"유심의 종가(宗家)격인 선방에서 유물론을 들춘다는 것이 상식 이하란 말이오. 육체는 시한성(時限性)이고 정신은 영원성이란 것은 유물론자들이 아닌 한 상식으로 되어 있는 사실이오. 시간이 소멸됨에 따라 육체의 덧없음에 비해 정신의 승화를 생각해보시오."

"본래적인 것과 결말적인 것은 차치해 두고 실제적인 것에 충실하여 논리를 비약시켜 보도록 합시다. 건전한 육체에 건전한 정신이 깃든다는 생리학적인 상식을 바탕으로 보면 육체가 단연 우위일 뿐이오. 병든 육체에서 신선한 정신을 바란다는 것은 고목에서 잎이 피기를 바라는 것과 같을 뿐이오."

"육체적인 외면이 많을수록 정신적인 승화가 가능했다는 진리는 동서고금의 사실들을 들어 예증할 필요도 없이 지금 우리 주위에서도 실증되고 있소. 나는 근기가 약해 감히 엄두도 못 내고 있지만 일종식이다, 오후불식이다, 생식이다, 장좌불와다, 묵언이다 하면서 육체가 추구하는 안일을 버리고 정신이 추구하는 견성을 위해 애쓰는 스님들을 잘 살펴보시오. 이 얼마나 가증스러운 육체에 대한 사랑스러운 정신의 도전이며 승화인가를."

"그것은 작위(作爲)며 위선이오. 내가 구도자임을 표방하는 수단일 뿐이오. 참된 구도자일수록 성명(性命)을 온전히 해야 할 것이오. 양생(養生) 이후에 양지(良知)가 있고, 양지 이후에 견성이 가능할 뿐이오."

"노장학파(老莊學派)의 무위(無爲)에 현혹되지 마시오. 그들은 다만 세상을 기피하면서 육체를 오롯이 하는 일에만 급급했지 끝내 그들이 내세운 지인(至人)이 되지 못했기에 제세안민(濟世安民)을 하려 하지 않았고, 할 수도 없었소. 그러나 우리는 언젠가는 소멸될 숙명에 놓여 있는 육체를 무시하면서 구경목적(究竟目的)인 견성(見性)을 향해 나아갈 뿐이오. 견성은 곧 중생제도(衆生濟度)를 위해서니까요"

"육체가 제 기능을 상실했을 때 정신이 자유로울 수 있으며 또 승화될 수 있겠소? 업고(業苦) 속에서 윤회(輪廻)를 벗어나지 못한 우리 중생이 말이오?"

"가능하지요. 그 가능성 때문에 여기 이 산속에 있지 않소. 거의 지옥 같은 생활을 하면서 말이오."

"중생에게 절망을 주는 말을 삼가시오. 스스로 병신이 되어야 견성이 가능하다는 결론인데 우리 불가(佛家)에서는 육체적인 불구자는 중이 되지 못하도록 규정짓고 있소. 이것은 건전한 육체에 건전한 정신이 깃든다는 진리를 웅변으로 대변해 주고 있소. 고장을 모르고 조화된 육체야말로 우리 선객에게는 필요불가결의 요소지요.

견성(見性)·열반(涅槃)·피안(彼岸)·적멸(寂滅)이 있기까지엔 말이오."

"끝내 스님은 그 간사한 육체의 포로가 되어 등신불(等身佛)처럼 안온한 양지 쪽에 서서 업보중생을 바라보려고만 하는군요."

"나는 등신불이 되지 않기 위해 육체를 건전히 하며 업보중생을 느끼기 위해 극악한 업보중생의 표본 같은 이 선방생활을 하고 있소. 결론에 도달해 봅시다. 나는 그 간사한 육체가 좋아서 다스리는 게 아니라 육체가 너무 싫어서 육체를 다스리고 있소. 육체는 바라볼 수 있는 게 아니라 느껴야 하기 때문이오. 마치 우리가 세상이 싫어서 세상을 멀리한 것이 아니라 세상이 너무 좋아서, 그래서 세상을 올바로 느끼지도 바라보지도 못할까봐 세상을 멀리 하면서도 세상을 온전히 하기 위해 견성하려고 몸부림치는 것과 같을 뿐이오. 아무리 우리가 세상을 멀리 했다 하더라도, 세상이 불완전하더라도, 최소한도 현재 상태라도 유지하고 있어야지 근본적으로 와해돼 버린다면 우리가 견성을 해도 어쩔 수 없을 뿐이오. 이해가 되는지요? 그만합시다. 입선 시간입니다."

시비는 가려지지 못한 채 끝이 났다. 중생이 사는 세상에서 시비란 가릴 수가 없다. 왜냐하면 중생이 바로 시(是)와 비(非)로 구성된 양면적인 존재니까.

유물과 유심의 논쟁
●

本能
禪客

본능과 선객

상원사의 동짓달은 매섭게 차갑다. 앞산과 뒷산 때문에 밤도 무척이나 길다. 불을 밝히고 먹는 희멀건 아침죽이 꿀맛이다.

오후 다섯 시에 먹은 저녁은 자정을 넘기지 못하고 완전소화가 되어 위의 기능이 정지 상태였으니 그럴 수밖에 없다.

"상원사 김치가 짜냐? 주안 염전의 소금이 짜냐?"라고 물을 정도로 상원사 김치는 짜기로 유명하다. 그런 김치를 식욕이 왕성한 젊은 스님들은 나물 먹듯이 먹는다. 식욕을 달래기 위해서다. 하기야 상원사 골짜기의 물은 겨울에도 마르지 않으니까 염도(鹽度)를 용해시킬 물은 걱정 없지만. 선객에게 화두 다음으로 끈질기게 붙어 다니는 생각이 있으니 그것은 식사(食思, 먹는 생각)다.

출가인은 욕망의 단절상태에 있지 않고 외면 내지는 유보상태(留保狀態)에 있을 뿐이라고 이 식욕은 강력히 시사해 주고 있다.

본능과 선객
●

그러면서 인간의 가장 근원적인 본능이 바로 식본능(食本能)이라고 알려준다. 그러니까 인간에게 있어서 가장 절망적인 공포가 바로 기아(饑餓)에서 오는 공포라고 결론 지어준다.

화두(話頭)에 충실하면 견성(見性)이 가능한 것처럼 식사(食思)에 충실하다 보니 먹는 공사가 벌어진다. 대중공사에 의해 어려운 상원사 살림이지만 초하루 보름에는 별식을 해 먹자는 안건이 통과되었다. 별식이란 찰밥과 만둣국이다. 절에서 행해지는 대중공사의 위력이란 비상계엄령보다 더한 것이어서 일단 통과된 사항이라면 반드시 이행해야 한다. 소를 잡아먹자고 의결되었으면 소를 잡아먹어야 하고, 절을 팔아먹자고 의결되었으면 절을 팔아먹어야 한다. 대중공사의 책임은 대중 전체가 지는 것이며 또 토의는 극히 민주적이고 여러 가지 여건에 충분히 부합되어야만 결의되기 때문에 극히 온당하지만 약간의 무리도 있을 수 있다.

상원사 김치를 먹어보면 원주스님의 짭짤한 살림솜씨를 알 수 있지만 대중공사에서 통과된 사항이고 보니 어쩔 수 없이 원주실에 비장해 둔 찹쌀과 팥과 김이 나왔다.

부엌에서 팥이 삶아져 가자 큰방에서 좌선하고 있는 스님들의 코끝이 벌름거리더니 이내 조용히 입맛을 다시고 군침을 넘기는 소리가 어간에서나 말석에서나 똑같이 들려왔다. 사냥개 뺨칠 정도로 후각이 예민한 스님들이고, 더구나 거듭되는 식사(食思)로 인해 상상력은 기막힌 분들이라 화두를 잠깐 밀쳐놓고 김이 모락모락 오르는 찰밥을 기름이 번지르르한 김에 싸서 입안에 넣어 우물거리다가 목구멍으로 넘기면 뱃속이 뭉클하면서 등골에 붙었던 뱃가죽이 불쑥 튀어나오는 장면까지 상상하게 되면 약간 구부러졌던 허리가 반듯해지면서 밀쳐 놓았던 화두를 꼭 붙잡게 되고 용기백배해진다. 이 얼마나 가난한 풍경이냐. 이 얼마나 천진한 풍경이냐. 찰밥 한 그릇이야말로 기막히게 청신한 활력소이다.

인간의 복수심과 승리욕은 자기 밖에서 보다 자기 안에서 더욱 가증스럽고 잔혹하다. 별식은 넉넉히 장만하여 제한을 두지 않기 때문에 자기 식량(食量)대로 받는다.

주림에 무척이나 고달픔을 겪은 선객들이라 위의 사정은 아랑곳없이 발우(鉢盂) 가득히 받아 이제까지의 주림에 대한 복수를 시원스럽게 한다.

찰밥이고 보니 격에 맞춰 상원사 특유의 산나물인 곰취와 고비나물까지 곁들여 상을 빛나게 해 준다. 발우 가득한 찰밥과 나물을 비우고서는 포식과 만복이 주는 승리감에 젖어 배를 내밀고 거들먹거리면서 "평양 감사가 부럽지 않다."고 이구동성으로 합창한다. 생식하는 스님에게 죄송하다고 하니 자기도 찹쌀을 먹었으니 뱃속에서야 마찬가지라고 대꾸한다.

불경(佛經)은 가르치고 있다.

사랑하는 사람을 갖지 말라.

미워하는 사람도 갖지 말라.

사랑하는 사람은 못 만나 괴롭고

미워하는 사람은 자주 만나 괴롭다

애증(愛憎)을 떠나 단무심(但無心)으로 살아가라는 교훈(敎訓)이다. 이 경구(經句)를 누구보다도 잘 아는 선객들이지만 주림에 시달림을 받다보니 스르르 경구를 어기고 포식을 했으니 그 과보(果報)가 곧 나타났다. 오후 입선시간에 결석자가 십여 명이 넘었다. 좌선에 든 스님 중에서도 신트림을 하고 생목이 올라 침을 처리하지 못해 중간 퇴장을 하는 스님들이 너덧 명 되었다. 결가부좌의 자세를 갖춘 스님 중의 몇 분은 식곤증이 유발하는 졸음을 쫓지 못하여 끄덕거리는 고갯짓을 되풀이 한다.

　　통계에 의하면, 선객의 9할이 경중의 차이는 있지만 위장병 환자라 한다. 식본능(食本能)에 무참히 패배당한 적나라한 실상이다. 노년에 이르도록 견성하지 못한 선객은 만신창이가 된 위장을 어루만지면서 젊은 선객들의 눈총을 받아가며 뒷방 신세를 지다가 마침내는 골방으로 쫓겨가서 유야무야(有耶無耶) 사라져 간다. 그래서 선객은 2중으로 도박을 한다. 세간(世間, 인생)에 대한 도박, 출세간(出世間, 僧伽)에 대한 도박.

　　언제나 모자라는 저녁 공양이 남아돌아 갔다. 위가 소화불량을 알리느라 신트림을 연발하는 스님들은 공양시간에 참석하지 않았고 끼니를 거르기가 아쉬워 참석한 스님들은 물에 말아 죽처럼 훌훌 둘러 마신다. 그렇게도 죽 먹기를 싫어하는 스님들인데도. 저녁 시간의 큰방은 결석자가 많아 횅뎅그렁하여 파리 몇 마리가 홰를 치면서 제 세상을 만난 듯 자유롭다.

대신 뒷방은 만원사례다. 뒷방 조실의 코믹한 면상에 희색이 역연하다. 내가 잠자리에 들었을 때, 옆에 누운 지객스님이 말을 걸어왔다. 학부 출신에다 이력[大敎科]을 마친 분이지만 과묵해서 시비에 끼어들지 않는 스님이다.

"인간의 본능 억제란 미덕일까요? 부덕일까요?"

"정신적인 기능을 개발하기 위해선 약간의 미덕이 될 수 있지만 육체적인 조화를 위해선 부덕이겠지요. 자라나는 젊은이들에겐 악덕이겠고 노인들에겐 무덕이겠지요."

한참 후 다시 물어왔다.

"선객은 반드시 본능 억제를 행해야만 견성이 가능할까요?"

"본능을 억제한다고 해서 반드시 견성할 수 있는 것은 아니겠지요. 선객에겐 필요조건과 충분조건이 있지요. 본능 억제는 필요조건에 해당되고 견성은 충분조건에 해당되겠지요. 필요조건은 수단 같은 것이어서 여러 가지가 있겠지요. 본능 억제가 하나의 수단이라면 그 역(逆)인 본능 개발도 또한 수단이 되겠지요. 필요조건인 본능 억제가 없더라도 충분조건인 자성(自性)이 투철하면 견성(見性)의 요건은 충족되겠지요."

본능과 선객
•

"함수관계에 있어서 하나의 변수가 본능 억제라면 다른 하나의 정수는 자성에 해당되겠지요. 그런데 함수관계에서 변수가 없어도 함수관계가 성립될까요?"

"수리학(數理學)적인 공리를 선리(禪理)와 대조 내지는 결부시킬 수는 없잖을까요? 전자는 형이하학적인 것이고, 후자는 형이상학적인 것인데."

"선객의 필요조건인 본능 억제와, 충족조건인 자성에서, 필요조건은 없어도 충분조건만 있다면 견성이 가능하다는 결론인가요?"

"그렇지요. 형이상학에 있어서는 가능한 것은 처음부터 가능하고 불가능한 것은 처음부터 불가능할 뿐입니다. 그래서 모든 형이하학적인 한계성과 가능성은 배제되고 필연성만이 문제되는 거지요. 이렇게 지껄이는 내 자신이 가능성의 존재인지 불가능성의 존재인지 현재의 나로서는 알 수 없기에 가능성 쪽에 매달려 정진하고 있을 뿐이지요. 주사위는 이미 던져져 있으니까요."

"무서운 도박이군요."

"그렇지요. 그리고 무서운 운명이지요."

"퍽 많은 생각을 필요로 하는 명제(命題)군요."

"명제가 아니라 문제지요. 해답은 충분조건이 충족될 때 얻어지겠지요. 어서 잡시다. 다사(多思)는 정신을 죽이고 포식은 육체를 죽인답니다."

밖에서는 설한풍(雪寒風)이 굉음을 울리면서 지각을 두들겼다. ▲

올깨끼와 늦깨끼

조실스님 시자(侍者)는 열여섯 살
이요, 주지스님 시자는 열아홉 살이다. 스무 살 미만의 스님은 이
들 두 사람뿐이다. 나이도 어리지만 나이에 비해 체구도 작은 편
이어서 꼬마 스님들로 통한다. 조실스님 시자가 작은 꼬마요, 주
지스님 시자가 큰 꼬마다. 작은 꼬마스님은 다섯 살 때 날품팔이
양친이 죽자 이웃 불교 신도가 절에 데려다 주어서 절밥을 먹게
되었고, 큰 꼬마스님은 불교 재단에서 운영하는 동해안의 낙산보
육원(洛山保育院) 출신이다. 낙산보육원에서 간신히 중학을 마치고
곧장 절밥을 먹었다고 한다. 모두가 고아다. 작은 꼬마는 절밥을
12년 먹었고, 큰 꼬마는 4년째 먹는다. 꼬마스님들은 대중들의 귀
여움을 받는다. 측은해서도 그렇고 가상해서도 그렇다.

그런데 꼬마스님들의 사이는 여름 날씨 같은 것이어서 변덕
이 심하다. 때로는 혀를 서로 물 정도로 다정한 사이인가 하면 때로

는 원수 대하듯 한다. 다정(多情)과 앙숙(怏宿)이 오락가락하는 사이다. 다정한 사이일 때는 서로 법명(法名) 밑에 스님이라는 호칭이 붙지만 앙숙지간일 때는 작은 꼬마가 큰 꼬마를 '늦깨끼'라고 부르고, 큰 꼬마는 작은 꼬마를 '절밥 도둑놈 올깨끼'라고 부른다.

예로부터 성욕의 발동기를 10세 전후로 보았기 때문에 10세 전후에 입사한 스님을 동진출가(童眞出家) 또는 '올깨끼'라고 부른다. 그 이후에 입산한 스님을 '늦깨끼'라고 부른다. '올깨끼'는 '늦깨끼'에 대해서 항상 자기의 순결무구한 동진(童眞)을 내세우고 관록과 선취득권을 주장하면서 '늦깨끼'를 경멸하는 버릇이 있다.

'늦깨끼'는 입산(入山) 초에는 갓 나온 송아지 격이어서 그저 죽으라면 죽는 시늉까지 내면서 '올깨끼'에게 순종하나 절밥 밥그릇 수를 더해가면서 절 생활에 익숙하게 되면 저나 내나 견성 못하고 중생으로 머물러 있는 바에야 절밥만 더 축낸 것 외에 무엇이 다르냐는 결론에 도달하게 되고, 그때부터는 '절밥 도둑놈 올깨끼'라고 반격하기 시작한다. 잘 따지고 보면 서로가 어서 빨리 공부해서 견성하자는 탁마(琢磨)의 소리다. '늦깨끼'는 늦게 들어왔으니 어서 공부하라는 의미고 '절밥 도둑놈 올깨끼'는 절밥만 오래 먹고 공부하지 않아 아직 중생에 머물러 있느냐, 부지런히 공부하라는 의미이다.

'올깨기'는 정신과 육체가 함께 생성과정을 절간에서 겪기 때문에 혼탁한 사회생활은 전연 백지여서 순진하기도 하고 특히 산술(算術)에 어두운 것은 사실이다. 절 풍속이 몸에 젖어 있어서 가람

수호(伽藍守護)와 예불헌공(禮佛獻供)에 능숙하고 계율을 무척이나 중요시한다. 그러나 대부분 타의(他意)에 의한 입산길이었지 자의(自意)에 의한 입산길이 아니어서 뚜렷한 입산 동기가 없고 보니 절 생활이 타성화되었고 자립심이 결여되어 있음을 볼 수 있다.

반면 '늦깨끼'의 입산길은 뚜렷한 동기가 있다. 흔히 세상 사람들이 비웃으면서 인생의 패배자나 낙오자들이 자살할 용기마저 없어 찾아가는 곳이 절간이라고 한다. 그런 사람들도 있다. 그러나 그런 삶들이라 할지라도 절 밖에서 머뭇거리다가 일단 절 안으로 들어와 절밥을 먹게 되면 상황이 달라진다.

오욕칠정(五欲七情)이 용납되지 않고, 삼부족(三不足)에서 살아야 한다. 피안(彼岸)에로의 길이 열려져 있지도 않고 열반(涅槃)이 눈앞에 있지도 않다. 깊이 살펴보지 못하고 겉만 살펴보면 세상에서 느낀 절망보다 더 큰 절망이 절간에 도사리고 있음을 알게 된다. 문제는 여기에 있다. 그대로 머무느냐, 하산하느냐이다. 대부분 하산하고 만다. 그러나 하산을 포기하고 입주를 결심한 사람은 생사를 걸어놓고 결단에 임한다. 이것이 바로 발심(發心)이라는 것이다.

또 흔히 세상 사람들이 깜짝 놀라면서 왜 그 사람이 절로 갔을까, 그렇게 유능하고 유족한 사람이 왜 절로 갔을까, 아까워라, 이렇게들 지껄인다. 그런 사람들도 있다. 그들은 절대로 절 밖에서 머뭇거리지 않고 곧장 들어와서 절밥을 먹는다. 그 피눈물 나는 절밥을. 절 밖에서는 금지옥엽(金枝玉葉)이지만 절 안에서는 '늦깨끼'

로 불리어지면서 온갖 수모가 던져진다. 그러나 그들에게서는 불평과 불만과 반항도 찾아볼 수 없다. 그들은 이미 어떤 기연(機緣)에 의해 입산(入山)길에 올랐고 절 안에 몸이 던져진 것만을 감사히 생각할 뿐이다. 그들은 이미 기연을 포착했을 때 발심이 되어 있었다.

절간에는 열반도 피안도 없으며 인간을 육체적으로 거의 박제화(剝製化)시키려는 고통뿐이라는 걸 잘 알고 있으면서도 끝내는 피안에로의 길을 자기 자신이 열 수 있다는 가능성을 확신하면서 즐거이 수고(受苦)할 뿐이다.

불가(佛家)에서는 발심(發心)과 기연(機緣)을 매우 중요시한다. 그래서 법성게는 초발심시변정각(初發心時便正覺)이라고 잘 표현해 주고 있고 부처님은 분명히 "나로서도 인연 없는 중생은 제도하지 못한다."고 했다. 기연과 발심이 없는 수도생활(修道生活)은 불가능하고 또 무익하기 때문이다. 발심은 날로 거듭해야 하고 기연은 수시로 더욱 힘차게 붙잡아야 한다. 입산 초기의 혼신적인 구도열(求道熱)이 자꾸 쇠퇴해지는 이유는 발심과 기연을 망각하기 때문이다. 불자는 모름지기 행주좌와(行住坐臥)에 있어서 발심을 오른손에, 기연을 왼손에 꼭 붙들어야 할 뿐이다.

이렇게 쓰다보니 '늦깨끼'만이 발심과 기연이 있고, '올깨끼'에게는 없다는 결론인데, 천하의 '올깨끼'스님들이 이 '늦깨끼'를 잡아 치도고니를 줄까 봐 변명 아닌 사실을 써야겠다.

옛날의 '올깨끼'스님들은 어떻게 발심했는지 현재의 나로서는 보지 못했으니 알 수 없지만 요즈음 '올깨끼'스님들은 대부분 수돗물을 먹은 뒤에야 비로소 발심하는 경향이 뚜렷하다. 하기야 20대가 발심하는 확률이 제일 많으니 연령 탓이기도 하겠지만.

'올깨끼'스님들이 바라보는 사회는 절대로 지옥일 수 없다. 관광객들의 표정에서는 이지러진 것을 볼 수 없고 건강하고 행복해 보이기 때문이다. 그들은 세상에서 살면서 세상을 느껴보지 못하고 다만 경전이나 연상의 스님들의 입을 통해서 인생고해(人生苦海)니 사바세계(娑婆世界)니 업보중생(業報衆生)이니 하는 말만 들었지 실제로 경험해 보지 못했기 때문이다. 우리가 열반(涅槃), 극락(極樂), 피안(彼岸), 적멸(寂滅)을 동경하고 거기에 미치기[及] 위해 견성하려고 몸부림치는 것은 우리가 거기에 들어 느껴(경험) 보기 위해서다.

요즈음 승려교육기관은 불교전문강원(佛教專門講院)이 몇몇 본사(本寺)에 있긴 있지만 내전(內典)인 불경(佛經)만 가르치고 있기 때문에 강원을 졸업한 스님들이 외전(外典)을 공부하기 위해서 갖은 방법으로 도회지로 침투한다. 종립대학(宗立大學)인 동국대학에 불교대학(佛教大學)이 있고 마산대학과 이리(裡里) 원광대학이 있어서 다소 외전을 익힐 수 있는 문화가 개방되어 있기는 하지만 승가 위주(僧家為主)의 대학이 아니고 일반학생 위주의 대학이고 보니 여기 드나드는 스님들은 수적·물적 열세 때문인지 아니면 신심이 퇴락해서인지 속화(俗化)의 길을 걷기 십중팔구다.

도시의 무슨 학원이다, 강습소다 하는 곳에서도 '올깨끼'스님들이 때로는 승복(僧服) 때로는 속복(俗服)을 걸친 채 드나들면서 외전의 열세를 만회하려고 몸부림친다. 도시에 진출하여 면학하는 '올깨기'스님들의 학자금이 문제다. 은사(恩師)스님이나 본사(本寺)의 보조를 받아 기숙사나 등록사찰에서 기거하면서 통학하는 스님들도 있지만 극히 소수이고 대부분은 영리 위주의 사설불당에서 '부전살이(불당을 맡아서 받드는 일)'나 해 주고 몇 푼 얻어 학업을 이어가고 있는 실정이다. 그런가 하면 외전이나 도시를 외면하고 '올깨끼'스님답게 산간에서 청정하게 수도생활을 계속하고 있는 스님들을 국방부가 그대로 보아 넘겨주지 않는다. 스물한 살만 되면 틀림없이 입대영장이 나온다. 어쩔 수 없이 승복을 벗고 군복을 입으면 군대에서는 고문관 취급을 받는다. 좋은 의미에서도 받고 불쌍한 의미에서도 받는다.

그 복잡다단하고 음담패설이 상용어로 되어있는 사병 생활을 3년간 마치고 다시 절간을 찾아 돌아오는 '올깨끼'스님들은 군진(軍塵)을 털고 위대한 발심과 함께 선방으로 돌아온다. 몇 할이나 돌아올까. 대학을 졸업하고, 강원(講院)을 마치고 돌아오는 '올깨끼'스님들은 속진(俗塵)을 씻고 위대한 발심과 함께 돌아온다. 얼마나 돌아올까. 강원을 마치고 책장을 던지고 선방을 향해 돌아오는 '올깨기'스님들은 얼마나 될까. 모든 대답은 "극히 소수지요."다.

불교의 윤회설(輪廻說) 때문일까. 경제학의 수요공급의 법칙 때문일까. 공기의 대류작용의 원리 때문일까. 남방 소승불교를 닮아가는지 알 수 없지만 어쩔 수 없이 행해지고 있는 세간(世間)과

출세간(出世間)의 교류현상이다. 우리 상원사 대중은 '올깨끼'의 바로미터를 15세로 잡는다면 3할은 '올깨끼'고 7할은 '늦깨끼'다. 바로 미터를 20세로 잡는다면 7할은 '올깨끼'고 3할은 '늦깨끼'가 된다. 20세 전후에서 발심하는 확률이 많다는 것이 증명된다.

꼬마스님들이 오후부터 앙숙지간이 되었다. 발단은 걸레 때문이다. 작은 꼬마스님은 책임감이 강하고 자기 생활에 질서를 유지시킨다. 그러므로 무척 개인적이어서 우직하고 내향성이고 정결하다. 절밥을 일찍부터 먹은 명실상부한 '올깨끼'의 생활태도다. 반면에 큰 꼬마스님은 이유가 많고 눈치가 비상하다. '적당히'를 요령 있게 요리하면서 약육강식에 철저하고 이해타산이 예리하다. 모든 것에 사시(斜視)적이어서 절밥을 4년이나 먹었지만 아직도 보육원 출신의 명분에 투철한 편이다.

작은 꼬마스님이 조실스님 방 청소 전용으로 사용하는 걸레는 언제나 깨끗하고 제자리에 놓여 있다. 방을 닦고 깨끗이 빨아 두기 때문이다. 그러나 큰 꼬마스님은 자기 책임인 주지실의 전용걸레가 없다. 주지스님은 출타가 잦아 가끔 청소를 하는데 그때마다 이 방 저 방 걸레를 갖다 쓰고서는 제자리에 두지 않고 기분대로 팽개쳐 버린다. 여러 차례 주의를 받고도 고치지 못한 습성이다. 오늘도 걸레 때문에 입승스님으로부터 호된 책망을 들었다.

작은 꼬마스님의 고자질로 간주했다. 작은 꼬마스님 방 전용 걸레를 쓰고 제자리에 갖다 두지 않았기 때문이다. 입승스님의 훈계에서 풀려나온 큰 꼬마스님의 눈초리는 작은 꼬마스님의 눈초리와 마주쳤다. 이때부터 앙숙지간을 알리는 저기압이 무섭게 깔리기 시작했다. 오후의 뒷방에서다. 저기압은 끝내 먹장구름을 불러온다. 먹장구름은 천둥과 번개를 동반한다. 드디어 번개가 치며 천둥이 울린다. 그리곤 비가 쏟아지게 마련이다.

뒷방에서 이제 막 방선(放禪)한 스님들이 편한 자세로 각자가 아랫도리를 달래면서 잡담이 한창이다. 큰 꼬마스님이 복수의 집념이 가득한 표정으로 누워 있는데 작은 꼬마스님이 선반에 있는 자기 바랑을 내리다가 큰 꼬마스님의 발을 건드렸다. 큰 꼬마스님에게는 요행이요, 작은 꼬마스님에게는 불행이었다. 시비가 시작되고, '늦깨끼' '올깨끼'로 수작하다가 욕설을 주고받고, 마주 앉아 서로 꼬집고 발길질이 오가더니 드디어 큰 꼬마스님의 일격이 작은 꼬마스님의 면상에 가해지자 작은 꼬마스님이 저돌적으로 혼신의 힘을 다한 박치기로 응수했다. 큰 코와 작은 코에서 선지피가 흘러 옷과 방바닥에 갖가지 수를 놓았다.

대중들에 의해 혈전은 곧 제지되고 꼬마스님들은 입승스님 앞에 꿇어앉아 훈화조(訓話調)의 경책(警責)을 들은 다음에 불전(佛前)의 백팔참회(百八懺悔)로 들어갔다. 9시에 취침을 알리는 인경소리가 끝나자 탁자 밑의 꼬마스님들의 잠자리에서는 오손도손한 애깃소리가 들렸다. 그들 사이는 틀림없이 여름 날씨 같은 것이어서 날이 바뀌기도 전에 벌써 다정지간(多情之間)이 되어 있었다.

식
욕 食
의 欲
배 背
리 理

十一月二十三日

겨울철에 구워먹는 상원사의 감자 맛은 일미(逸味)다. 선객의 위 사정이 가난한 탓도 있겠지만 장안 갑부라도 싫어할 리 없는 맛이 있다. 요 며칠 전부터의 일이다. 군불을 지핀 아궁이에 꽃불이 죽고 알불만 남으면 고방에서 감자를 몇 됫박 훔쳐다가 아궁이에 넣고 재로 덮어 버린다. 저녁에 방선(放禪)하고 잠자리에 들기 전에 그날 감자구이 담당스님이 아궁이로 감자를 꺼내러 간다. 뒷방에서는 공모자들이 군침을 흘리면서 기다린다. 감자는 아궁이에서 몇 시간 동안 잿불에 뜨뜻하게 잘 구워졌다. 새까만 껍질을 벗기면 김이 모락모락 오른다. 맛은 틀림없이 삶은 밤 맛이다. 서너 개 먹으면 허기가 쫓겨 간다. 잘 벗겨 먹지만 그래도 입언저리가 새까맣다. 서로를 보며 웃는다. 스릴도 있고 위의 사정도 좋아지니 여유가 생겨서다.

처음에는 화대(火臺)스님이 주동이 되어 몇몇 스님만 방선 후에 아궁이 앞에서 재미를 보았는데 이제는 아예 뒷방에서 재미를 본다.

살림살이 책임자인 원주(院主)스님은 큰 방에서 자지 않고 별채에 있는 원주실에서 잔다. 그러기 때문에 뒷방의 감자구이가 가능하다. 규모가 커졌다. 공모자가 많으니 감자의 절취량도 많아야 한다. 감자껍질 뒤처리는 당번스님이 철저히 한다. 그러나 계량심(計量心)의 천재인 원주스님이 감자가 없어지는 것을 오래도록 모를 리 없다. 그렇다고 대중공사를 열어서 감자를 구워먹지 못하게 할 정도로 꽉 막힌 스님은 아니다. 그래서 고방문에는 문고리가 박아지고 자물통이 채워졌다. 그러나 감자구이는 여전히 계속되었다. 감자구이 공모자 가운데 못과 손톱깎이만 있으면 웬만한 자물통은 다 따는 스님이 있다. 이 스님의 재주를 미처 몰랐던 원주스님의 실책이었다.

아무 말 없이 감자 유출을 막기 위한 비상책을 강구하던 원주스님이 강릉을 다녀왔는데, 손에는 큼직한 번호 자물통이 들려 있었고 틀림없이 고방에 채워졌다.

그러나 감자구이는 계속되었다. 그날 감자구이 당번은 40대의 원두(園頭)스님인데 이 스님은 묘한 습성이 있는 분이다. 어느 절엘 가거나 절간 방에 문이 채워져 있으면 돌쩌귀를 뽑아 버린다. 중이 감출 게 무엇이 있으며 도둑맞을 것은 무엇이 있느냐면서 중생의 업고와 무명을 가두어 놓은 것 같아 갑갑하다는 지론을 가진 스님이다. 원주스님이 회심의 미소를 띠면서 잠갔던 고방문이 돌쩌귀째 뽑혀버린 것은 말할 것도 없다. 원주스님은 언짢아서 우거지상을 지우질 못했지만 감자구이 동호인들의 희색은 만면하다. 원주스님의 판정패다.

그렇다고 판정패를 당하고 선선히 감자를 대중에게 내맡길 원주스님은 아니다. 와신상담의 며칠간 고심 끝에 묘책은 강구되었고 드디어 실천에 옮겨졌다. 주부식의 원료가 감자 편중(偏重)이다. 쌀과 감자의 비율이 6대 4이던 점심이 4대 6으로 뒤바뀌고 잡곡과 감자가 비율이 반반이었던 저녁은 3대 7로 되었다. 부식도 매끼마다 감잣국에다 감자나물이 올랐다. 대중이 항의를 하자 원주스님은 다음과 같이 대꾸했다. "감자 먹기가 얼마나 포원이 되었으면 그 부족한 밤잠을 줄여가면서까지 감자를 자시겠소. 스님들의 원을 풀어드리기 위해 감자 일변도의 메뉴를 짰을 뿐입니다. 일주일 내로 메뉴표를 고칠 것을 약속합니다."

대중들은 틀림없이 감자에 질리고 말았다. 감자구이는 끝이 나고 동호인들이 뿔뿔이 헤어졌다. 인간 식성(食性)의 간사함을 잘 파악하고 이용한 원주스님의 판정승이었다. 역시 살림꾼인 상원사 원주스님다운 책략이었다. 우리는 그때부터 상원사 원주스님을 조계종 원주감으로는 제일인자라고 공인해 주었다. ⚊

달포가 지나니 선객의 우열(優劣)
이 드러났다. 선객은 화두(話頭)와 함께 살아간다. 화두란 참선할
때 정신적 통일을 기하기 위해 붙드는 하나의 공안인데 철학의 명
제(命題), 논리학의 제재(題材)라고 말할 수 있다. 화두는 처음 선방
에 입방(入房)할 때 조실스님으로부터 받게 되는데 그 종류가 무한
량이다. 흔히들 세상에 화두 아닌 것이 없다고 한다. 그러나 그 많
은 화두 가운데서 자기에게 필요한 화두는 단 하나이다. 단 하나일
때 비로소 화두라는 결론이다.

대부분의 선객들이 붙드는 화두는 시심마(是甚麼 : 이게 무엇이
냐.)이다. 예로부터 경상도 출신의 스님들이 가장 많아서 강원도
절간에서도 경상도 사투리가 판을 친다. 그래서 시심마가 불교에
서는 '이 뭐꼬'로 통한다.

화두는 철학적인 명제가 아니라 종교적인 신앙이다. 그러

니까 분석적인 것이 아니고 맹목적이라고 할 수 있다. 화두는 견성의 목표가 아니라 방편이다. 여하한 수단도 목적이 달성되면 정당화되는 것처럼 여하한 화두도 견성하고 보면 정당해진다. 화두가 좋으니 나쁘니, 화두다 아니다 하고 시비함은 미망(迷妄)일 뿐이다.

훌륭한 선객은 화두에 끌려 다닌다. 절대로 끌어서는 안 된다. 처음 선방에 앉은 선객이 유식하면 유식할수록 화두에 대해 분석적이다. 유무(有無)가 단절된 절대무(絶對無)의 관조(觀照)에서 견성이 가능하다는 선리(禪理)를 납득하려고 하면 할수록 현존재(現存在)인 육체의 유무에 얽매이게 되고 사유를 가능케 하는 정신의 유무에 얽매이게 되기 때문이다.

그러나 선방의 연륜을 더해가면 자기도 모르는 사이에 유식과 함께 분석이 떠나가고 그 자리에 무식과 함께 화두가 들어 있음을 알게 된다. 이때 비로소 선객이 되는 것이다. 어느 절을 가더라도 입구에서 다음과 같은 글귀를 볼 수 있다.

"입차문내 막존지해(入此門內 莫存知解)"

유무에 얽매인 세간의 지식은 무용하다는 뜻이다.

선객을 끌고 가던 화두는 마침내 선객을 백치가 아니면 천재 쪽으로 끌어놓는다. 백치는 백치성 때문에 고통에서 해방되고,

천재는 천재성 때문에 번뇌에 얽매인다. 그래서 대우(大愚)는 대현 (大賢)이 되고 대고(大苦)는 대탈(大脫)이 된다. 선객의 우열은 화두에 끌리느냐 끄느냐가 결정한다. 화두에 끌린 선객은 한한(閑閑)하나 화두를 끄는 선객은 간간(間間)하다.

우리 상원사 대중스님은 우열이 반반이다. 아무래도 상판 쪽이 한가롭고 하판 쪽이 분망하다. 상판과 하판은 비구계 받은 순으로 결정된다. 좌선의 몸가짐이 상판 쪽은 태산처럼 여여부동(如 如不動)이나 하판 쪽은 여름 날씨처럼 변화무상하다. 헛기침을 하는 가 하면 마른기침을 하고 가부좌의 고통을 달래보느라 발을 바꾸 어 보기도 하고 허리에 힘을 줘보기도 하고, 몸을 좌우로 혹은 앞 뒤로 흔들어 보기도 하고 눈을 감았다가 떴다가 하는가 하면 포개 어진 손을 위아래로 바꾸어 보기도 한다.

화두에 끌리지 않고 끌려고 하기 때문에 이런 현상이 빚어 지는 것이다. 이들에게 방선의 죽비소리가 틀림없는 복음성으로 들린다. 그러나 이들도 선방을 떠나지 않으면 시간이 흐름에 따라 죽비소리가 아쉬워지다가 들리지 않을 때까지 있게 된다.

스님이라면 누구나가 선방 밥을 먹지 않은 스님이 없다. 왜 냐 하면 선(禪)이 불교의 요체(要諦)이고 견성의 지름길이기 때문이 다. 그러나 선방을 외면한 이유는 이 초기의 고통을 넘기지 못하 기 때문이다. 우리 대중 가운데 신경통을 몹시 앓은 스님이 있다. 이 스님은 화두에 끌려 다니는 스님인데 신경통의 고통이 너무 심하니까 매 세 시간의 좌선시간 중에서 한 시간 정도 앉고 나머지 두 시간은 도량에서 보행하면서 행선(行禪)을 한다. 새벽시간이나 밤 시간에도 누더기를 의지하여 설한풍(雪寒風) 속에서 행선하면서 대중스님과 꼭 같이 참선기간을 지키는 열의는 대단하다. 화두에 끌리지 않고는 도저히 할 수 없는 행위다.

병든 스님

결핵에 신음하던 스님이 바랑을
챙겼다. 몸이 약하지만 그래도 꿋꿋이 선방에서 버티던 스님이다.
어제저녁부터 각혈이 시작되었다. 부득이 떠나야만 한다. 결핵은
전염병이고 선방은 대중처소이기 때문이다.

각혈을 하면서도 표정에서 미소를 지우지 않으려고 노력하
는 모습이 무척이나 인상적이다. 동진출가(童眞出家)한 40대의 스님
이어서 의지할 곳이 없다. 어디로 가야 할지 알 수 없다면서도 절
망이나 고뇌를 보여주지 않는다. 조용한 체념뿐이다.

뒷방 조실스님의 제의로 모금(募金)이 행해졌다. 선객들에게
무슨 돈이 있겠는가. 결핵과 함께 떠나는 스님이 평소에 대중에게
보여준 인상이 극히 좋아서 대중스님들은 바랑 속을 뒤지고 호주
머니를 털어 비상금을 몽땅 내놓았다. 모으니 9,850원이다. 사중
(寺中)에서 오천(五千) 원을 내놓았고 시계를 차고 있던 스님 두 분

이 시계를 풀어 놓았다. 나는 마침 내복이 여벌이 있어서 떠나는 스님의 바랑 속에 넣어 주었다. 결핵요양소로 가기에는 너무 적은 돈이며, 장기치료를 요하는 병인데 병원에 입원할 수도 없는 돈이다. 응급치료나 받을 수밖에 없는 돈이다. 모금해 준 성의에는 감사하고 공부하는 분위기에는 죄송스러워 용서를 바랄 뿐이라면서 바랑을 걸머졌다.

눈 속에 트인 외가닥 길을 따라 콜록거리면서 떠나갔다. 그 길은 마치 세월 같은 길이어서 다시 돌아옴이 없는 길 같기도 하고 명부(冥府)의 길로 통하는 길 같기도 하다. 인생하처래 인생하처거(人生何處來 人生何處去)가 무척이나 처연하고 애절하게 느껴짐은 나의 중생심 때문이겠다. 나도 저 길을 걷지 않으리라는 보장은 없다.

답답하다. 아직 견성하지 못한 나로서는 당연한 감정이기도 하다. 현대의 우리 불교계(佛教界) 풍토에선 병든 스님이 갈 곳이 없다. 더구나 화두가 전부인 선객이 병들면 갈 곳이 없다. 날마다 수를 더해 가는 약국도, 시설을 늘려가는 병원도 그들이 표방하는 표제는 인술(仁術)이지만 화두뿐인 선객을 맞아들일 만큼 어질지는 못하다. 자비문중(慈悲門中)이라고 스스로가 말하는 절간에서도 병든 선객을 위해 베풀 자비(慈悲)는 없다. 고작해야 독살이 절에서 뒷방이나 하나 주어지면 임종길이나 편히 갈까.

그래서 훌륭한 선객(禪客)일수록 훌륭한 보건자(保健者)이다. 견성은 절대로 단시일에 가능하지 않고 견성을 시기하는 것이 바로 병마(病魔)라는 걸 잘 알기 때문에 섭생에 철저하다. 견성이 생의 초월(超越)에서 이루어지는 것이 아니고 생의 조화(調和)에서 가능하기 때문이다.

건강한 선객은 부처님처럼 위대해 보이나 병든 선객은 대처승(帶妻僧)보다 더 추해진다. 화두는 멀리 보내고 비루(鄙陋)와 비열(卑劣)의 옷을 입고 약을 찾아 헤맨다. 그는 이미 선객이 아니고 흔히 세상에서 말하는 인간폐물(人間廢物)이 되고 만다.

'신외(身外)가 무물(無物)'

차원 높은 정신성 속에서 살아가는 선객일수록 유물(唯物)적이고 속한(俗漢)적이라고 타기할 게 아니라 화두 다음으로 소중히 음미해야 할 잠언(箴言)이다.

용맹정진

十二月一日

설달이다. 동안거(冬安居)의 반살림을 끝내고 나머지 반살림을 시작할 때는 어느 선방에서나 용맹정진을 한다. 용맹정진이란 수면을 거부하고 장좌불와(長坐不臥)함을 말한다. 주야로 일주일 동안 정진한다.

저녁 9시가 되자 습관성 수마(睡魔)가 몰려왔다. 첫날 첫 고비다. 경책스님의 장군죽비 소리가 간단없이 들리지만 자꾸만 눈꺼풀이 맞닿으면서 고개가 숙여진다. 장군죽비 소리가 자장가처럼 들린다. 눈을 떴다가 감았다가 하기를 삼십 분 가량 하면 수마가 물러간다. 밖에 나가 찬물로 세수하니 심기일전(心機一轉)이다.

자정이 되면 차담이 나오고 잠깐 휴식이다. 보행으로 하체를 달랜 후 다시 앉는다. 밤은 길기도 하다. 그러나 틀림없이 아침은 왔다. 하루가 지나자 몸이 약한 스님 두 분이 탈락했다. 이틀이 지나자 세 분이 탈락했다. 사흘이 왔다. 용맹정진의 마지막 고비다.

저녁이 되니 뼈마디가 저려오고 신경이 없는 머리카락과 발톱까지도 고통스럽단다. 수마는 전신의 땀구멍으로 쳐들어온다. 화두는 여우처럼 놀리면서 달아나려 한다. 입맛은 소태 같고 속은 쓰리다 못해 아프기까지 한다. 정신이 몽롱해진다. 큰 대(大)자로 누우면 이 고통에서 해방된다. 그러나 그렇게 되면 만사휴의(萬事休矣)다.

고행의 극한상황(極限狀況)들을 연상해 본다.

'설산(雪山)에서 육(六) 년 간'

눈이 떠지고 허리가 펴진다. 얼마가 지나면 또 눈이 감겨지고 허리가 굽어진다.

'골고다의 십자가(十字架)'

눈이 떠지고 허리가 펴진다. 그러나 얼마가 지나면 다시 눈이 감기고 허리가 굽어진다.

그러다가 비몽사몽간에 뒷방에서 잠자는 스님의 코고는 소리가 들려왔다. 눈이 번쩍 뜨인다. 수마도 고통도 물러갔다. 화두가 앞장서며 빨리 가잔다. 길은 멀고 험하지만 쉬지 않고 가면 된다면서.

부처님은 가르치고 있다. "분명히 열반(涅槃)은 있고 또 열반에 가는 길도 있고 또 그것을 교설(敎說)하는 나도 있건만 사람들 가운데는 바로 열반에 이르는 이도 있고 못 이르는 이도 있다. 그것은 나로서도 어떻게 할 도리가 없다. 나[如來]는 다만 길을 가리킬 뿐이다."

불교의 인간적임을, 그리고 인간의 자업자득(自業自得)을 교시하신 극치다. 중생이 고뇌에서 해방되는 것은 엉뚱한 기연(機緣)

때문이다. 잡다하고 평범해서 무심히 대하던 제현상 가운데서 어느 하나가 기연이 되어 한 인간을 해탈시켜 준다. 불타(佛陀)는 효성(曉星)에 기연하여 대각(大覺)에 이르렀고 원효 대사(元曉大師)는 촉루(髑髏)에, 서산 대사(西山大師)는 계명(鷄鳴)에 기연하여 견성했다고 한다. 그러나 인간을 해탈시키는 그 기연이 기적처럼 오는 것은 아니다. 고뇌의 절망적인 상황에 이르러 끝내 좌절하지 않고 고뇌할 때 비로소 기연을 체득하여 해탈하는 것이다. 극악한 고뇌의 절망적인 상황은 틀림없는 평안이다. 왜냐하면 극악한 고뇌의 절망적인 상황은 두 번 오지 않기 때문이다. 마치 죽음을 이긴 사람에게 죽음이 문제가 되지 않는 것과 같다. 죽음은 결코 두 번 오지 않는다.

나는 뒷방에서 들려오는 코고는 소리로 인해 수마를 쫓을 수가 있었다. 평소에는 코고는 소리를 들으면 나도 잠이 왔었는데. 사흘을 넘기지 못하고 다섯 스님이 또 탈락했다. 사흘을 넘긴 스님들은 끝까지 잘 버티고 견디었다.

납월(臘月: 음력 섣달) 8일은 부처님 성도일이다. 우리도 새벽에 용맹정진을 마쳤다.

아침공양은 찰밥이다. 전 대중이 배불리 먹고 산행길에 나섰다. 몸을 풀기 위해서다. 중대(中臺)에 올라 보궁(寶宮)에 참배하고 북대(北臺)를 거쳐 돌아왔다. 눈길이라 힘이 들었지만 무척이나 재미있었다.

마음의 병이 깊이 든 스님

섣달이 깊어 가면서 폭설이 자주
왔다. 산하는 온통 백설일색(白雪一色)이다. 용맹정진에서 탈락했
던 스님들은 자꾸만 나태해져 갔다. 탈락했다는 심리작용의 탓인
지 스스로가 열등의식에 사로잡혀 뒷방을 차지하는 시간이 많아
졌다. 입승스님으로부터 몇 차례 경책도 받고 시간을 지켜달라는
주의도 받았건만 잘 지키질 못한다. 그때마다 몸이 아프다면서
괴로운 표정을 지어보이면 그것으로 끝난다. 경책은 세 번까지
주어지는데 그래서도 효과가 없으면 그만이다. 세 번 이상의 경
책은 군더더기요, 중노릇은 자기가 하는 것이지 남이 대신 해 줄
수는 없기 때문이다.

용맹정진을 무사히 넘긴 스님들은 힘을 얻어 더욱 분발하
여 공부에 박차를 가했다. 뒷방에 죽치고 앉았던 스님 세 분이 바
랑을 지고 떠나갔다. 결제기간이니 갈 곳은 뻔하다. 지면(知面)이

있는 어느 독살이 절로 갈 수밖에.

선방은 영영 하직하는 스님들이다. 육신의 병보다 마음의
병이 깊이 든 스님들이다.

別食

별식의 막간

十二月十五日

만둣국을 먹는 날이다. 원주스님의 총지휘로 만두 울력이 시작되었다. 숙주나물, 표고버섯, 김치, 김을 잘게 썰어서 이것을 잘 혼합하여 만두 속을 만들고, 몇몇 스님들이 밀가루를 반죽하여 엷게 밀어주면 밥그릇 뚜껑으로 오려 내어 대중스님들이 빙 둘러 앉아 속을 넣어 만두를 빚어낸다. 여러 스님들의 솜씨라 어떤 것은 예쁘고 어떤 것은 투박하고 또 어떤 것은 속을 너무 많이 넣어 곧 터질듯 하여 불안한 것도 있다. 장난기가 많은 스님들은 언제나 기회가 오기를 기다리다가 기회만 오면 갖은 방법으로 장난기를 발휘한다. 만두를 여자의 그것을 흉내 내 오목하게 빚는가 하면 남자의 그것을 흉내 내 기다랗게 빚기도 한다. 극히 희화적이다.

성 본능이 억제된 상황에서의 잠재의식의 발로라고나 할까. 그래서 종교적인 미술일수록 남녀의 뚜렷한 선을 투시적으로 표현하고 있는지도 모른다. 장난은 여기에서 그치지 않았다. 만두 속을 아무도 모르게 고춧가루를 넣어서 빚는가 하면 소금을 넣어서 빚기도 하고 무 쪽을 넣어서 빚기도 했다.

드디어 만둣국 공양이 시작되었다. 별식이어서 발우 가득히 받아 간사한 식성을 달래가면서 식욕이 허락하는 대로 맛있게 먹는다. 드디어 장난기의 제물이 된 스님들의 입에서 비명과 탄성이 폭발한다.

"아이고 매워." 고춧가루를 씹은 스님이 탄성이다.

"아이고 짜." 소금 만두를 씹은 스님의 비명이다.

한쪽에서는 비명과 탄성인데 한쪽에서는 키득거리며 우스워 죽겠단다. 그러다가 웃는 쪽에도 예의 장난 만두가 씹혔는지 상이 금방 우거지상으로 변한다. 하필이면 선방의 호랑이 격인 입 승스님의 그릇에 고춧가루 만두가 들어갔는지 후후거리면서 국물을 홀홀 마시고 입맛을 쩍쩍 다신다. 그러나 비명은 없다. 역시 선방의 백전노장답다. 스님들의 공양 태도는 극히 조용하다. 그래서 엄숙하기까지 하다. 입안에 식물(食物)이 들어가면 그 식물이 보이지 않도록 입을 꼭 다물고 씹는다. 홀홀거리거나 쩝쩝거리지 않고 우물우물 씹어서 삼킨다. 그렇다고 잘 씹지 말라는 것이 아니고 오래 씹되 조용히 씹고, 숟가락 젓가락 소리가 없어야 하고, 발우끼리 부딪치는 소리가 없어야 한다. 그리고 극히 위생적이다. 발우는 자기 발우를 사용하고 또 자기 손으로 씻어 먹는다. 숟갈과 젓가락을 넣은 집이 천으로 되어 있고 발우 보자기와 발우 닦개가 있어서 식사도구에 먼지 같은 건 침입할 틈이 없다. 발우 닦개는 며칠 만에 빨기 때문에 항상 깨끗하다. 발우는 가사와 함께 언제나 바랑 속에 넣어가지고 다닌다. 그래서 몇 대를 물린 발우도 있다. 대를 거듭한 발우일수록 권위가 있다.

장난기 많은 스님들 때문에 만둣국 공양시간이 어지럽고 소란했다. 공양이 끝나자 과묵하신 조실스님이 조용히 입을 열었다.

"옛날 어느 절의 공양시간에 있었던 일입니다. 어간에 앉아 공양하는 조실스님의 눈길이 공양하는 행자에게 주어졌대요. 그런데 그 행자의 국그릇에 생쥐가 들어 있었어요. 행자는 대중이 알까봐 얼른 국그릇을 입에 대고 생쥐를 삼켜버리더래요. 그러자 탁자 위의 부처님이 손을 길게 뻗어 행자의 머리를 쓰다듬으시더래요. 행자가 국그릇에서 삶아진 생쥐를 꺼낸다면 대중들의 비위가 어떻게 되겠어요. 먹지 못하는 생쥐도 감쪽같이 먹었는데 짜고 맵고 뜨거워도 먹는 것인데 비명과 탄성을 지르면서 공양시간을 어지럽게 해서는 안 될 것입니다. 먹는 음식에 장난을 한 스님들의 시은(施恩)에 배반한 업보에 대해 우리 다 같이 참회하도록 합시다."

장난질을 했던 스님들의 고개가 숙여졌고 비명과 탄성을 질렀던 스님들의 얼굴은 홍당무가 되었고 입승스님의 표정은 곤혹함이 가득했다.

별식(別食)이 죄식(罪食) 같은 기분이었으나 조실스님의 훈고(訓告)는 심성도야에 훌륭한 청량제였다.　　　　　⚓

세
모

　　　　　　　　　　　설달 그믐날이다. 낮 시간은 울력
으로 보냈다. 떡방아도 찧고 대청소도 했다. 세탁도 하고 목욕도 했다.
잠자리에 들었으나 얼른 잠이 오지 않았다. 세모(歲暮)라는 감정 때
문이다. 세모는 날 일깨우면서 돌아다보라고 한다. 인간은 직립(直立)
이기 때문에 동물과 다른 것이 아니라 지나간 날을 돌아보고 비쳐볼
줄을 아는 의식의 거울을 가졌기에 비로소 인간일 수 있다고 하면서.
　　일 년이 하루같이 단조로웠던 선객(禪客) 생활이었는데 돌아
다 볼 필요가 있을까. 그러니까 더욱 돌아다보라고 세모는 말하고
있다. 돌아다보니 하자(瑕疵)투성이다. 나는 정초에 아무런 계획도
세우지 않았다. 계획을 세울 만큼 희망적인 계기도 없었지만 계획
을 달성하지 못했을 때 가질 절망감을 맛보지 않기 위해서였다. 그
러니까 담담한 마음으로 돌아볼 수 있으리라고 생각되었으나 막
상 그렇질 못했다. 무엇보다도 아쉬움이 앞섰다.

정초(正初)는 태백산(太白山) 토굴에서 화두와 함께 맞이했었다. 화두는 어떤 의미와 내용으로 살펴보아도 정초와 똑같을 뿐인데 나의 등신(等身)은 많은 변화를 주었다. 이가 하나 뽑혀 나갔고 이마의 주름살은 수를 더해 가면서 골을 깊이 했고 머리숱은 수를 줄여 가면서 윤기를 빼앗겨 버렸다. 받은 것이 있었다면 주어야 하고, 준 것이 있었다면 받아야 하는 이 세모에 나는 갚지는 못하고 또 빚만 지고 말았다.

불은(佛恩)을 무한히 입어 선방(禪房)에 머무를 수 있었고 시은(施恩)으로 육신을 지탱할 수 있었음에도 견성을 하지 못했으니 어떻게 보은(報恩)하리. 회한이 몸서리쳐진다.

그러나 세모는 나에게 알려 온다. 이제 한 해의 시간은 다가고 제야(除夜)가 가까웠음을. 그러면서 타이른다. 한 해의 것은 한 해의 것으로 돌려주라고. 그러면서 마지막 달력장을 미련 없이 뜯어버리고 새 달력장을 거는 용기를 가지라고. 인간이란 과거의 사실만을 위해 서있는 망두석(望頭石)이 아니라 내일을 살려고 어제의 짐을 내려놓으려는 자세가 있기에 비로소 인간이라고.

화두(話頭)는 어서 변화를 보여 달라고 하면서도 깊은 잠속으로 끌고 간다. 밤에 우는 산비둘기의 울음소리가 들렸다. '올드 랭 사인'처럼 아쉽게 들렸다.

올드 랭 사인 : 스코틀랜드 민요이다. 영미권에서는 묵은 해를 보내고 새해를 맞으면서 부르는 축가로 쓰인다. 1948년 이승만의 대통령령에 따라 안익태가 작곡한 한국환상곡이 애국가의 멜로디로 정해지기 전까지는 '올드 랭 사인'이 애국가의 멜로디로 사용되었다.

선객의 고독

신년 정초다. 버렸거나 버림을 받았거나, 혈연(血緣)과 향관(鄕關)이 망막 깊숙이서 점철되어지는 것은 선객도 인간이기 때문이다. 누구보다도 비정하기에 누구보다도 다정다감할 수도 있다.

오늘은 쉬는 날이다. 뒷방이 만원이다. 여러 고장 출신의 스님들이라 각기 제 고장 특유의 설 차례(茶禮)와 설빔 등에 관해 얘기들을 나눈다. 평소에도 선객(禪客)들의 먹는 얘기는 반 이상을 차지한다. 그러다 보니 끼리끼리 앉아 있게 마련이다. 남방(南方) 출신은 그들대로. 북방(北方) 출신은 그들대로. 호마의북풍(胡馬依北風)이요 월조소남지(越鳥巢南枝) 때문이겠다.

호마의북풍(胡馬依北風)이요 월조소남지(越鳥巢南枝): 중국의 옛시에 나오는 구절로 '호나라에서 태어난 말은 호나라 쪽에서 북풍이 불어올 때마다 고향을 그리워하고 북쪽으로 옮겨간 월나라 새도 고향과 가까운 남쪽 가지에 둥지를 튼다'는 뜻.

선객의 고독
●

오후에는 윷놀이가 벌어졌다. '감자 구워내기'를 걸고서. 떡국을 잘 먹어 평양감사가 부럽지 않는 위의 사정인데도 구운 감자가 또다시 식성을 돋우니 상원사 감자 맛은 역시 미식가(美食家)도 대식가(大食家)도 거부할 수 없는 특이한 맛이 있나 보다. 경상도 사투리가 판을 치는 윷놀이가 끝나고 구운 감자도 먹었다.

　어둠이 깃드니 무척이나 허전하다. 어제는 세모(歲暮)여서 허전하다 하겠지만 오늘은 정초인데 웬일일까. 고독감이 뼈에 사무치도록 절절하다. 세속적인 기분이 아직도 소멸되지 않고 잠재되어 있다면서 불쑥 고개를 치민다. 이럴 때마다 유일한 방법은 화두(話頭)에 충실할 수밖에.

　그래서 선객은 모름지기 고독해야 한다. 『열반경』은 가르치고 있다. "수행자는 모름지기 고독해야 한다. 왜냐하면 자기 자신과 싸워야 한다는 것 그 자체만도 벅찬 일이기 때문이다."

　고독할수록 자기 자신에게 충실할 수 있기 때문이다. 이백(李白)은 월하독작(月下獨酌)에서 고독을 노래했다. "꽃이 만발한 숲속에 한 동이 술이로다. 그러나 친구가 없어 홀로 마실 수밖에. 잔을 들어 돌아 오르는 달을 맞이하고 그림자를 대하니 세 사람이 되었구나. 달은 본디 술을 못하고 그림자는 부질없이 나를 따라 움직일 뿐이로구나[花間一壺酒 獨酌無相親 擧杯邀明月 對影成三人 月旣不解飮 影從隨我身]."

　니체는 탄식했다. "언제나 나는 나의 입이 노래하면 나의 귀가 들을 뿐이로다."

　이 얼마나 잔혹하리만큼 절절하게 표현한 고독의 극치인가. 고독 속에서, 고독을 먹고, 고독을 노래하면서도, 끝내 고독만은 낳지 않으려는 의지가 바로 선객의 의지이다. 화두는 거북이 걸음인데 세월은 토끼뜀질이다. 어찌 잠시라도 화두를 놓을 수가 있을까.

　선객은 옹고집과 이기와 독선으로 뭉쳐진 아집(我執)의 옹고체라고 흔히들 비방삼아 말한다. 그러나 비방이 아니라 사실이며, 또한 실상(實相)이어야 한다. 불교의 경구(經句)는 가르치고 있다. "아집에서 벗어나지 않는 한 윤회에서 벗어날 수 없다."고.

　그렇다면 나[如來]만이 그[衆生]를 제도할 수 있다는 아집까지 버려야 할까. 그래서 수보리(須菩提)는 물었다. "여래는 여래이기를 원하지 않습니까? 원한다면 아상(我相)에 떨어지고 원하지 않는다면 무엇으로 중생을 건지나이까?"라고.

　아집없는 선객은 화두(話頭) 없는 선객과 같다. 견성(見性)하지 못하고 선객으로 머무는 한.

　아집은 공고히 하고 또 충실해야 한다. 잠자리에 들었을 때 옆에 누운 지객스님이 조용히 말을 걸어왔다.

　"연륜(年輪)을 더했군요."

　"그렇게 되었네요."

　"지난해엔 제자리걸음도 못한 것 같아요. 금년엔 제자리걸음이나 해야 할 텐데 별로 자신이 없군요."

"어려운 일이지요. 평범한 인간들은 시간을 많이 먹을수록 그것으로 인해 점점 빈곤해지고 분발 없는 스님들은 절밥을 많이 먹을수록 그것으로 인해 점점 나태와 위선을 쌓아가게 마련이지요. 나아가지 못할 바에야 제자리걸음이라도 해야 할 텐데."

스
님
의
위
선

偽善

一
月
三
日

생식을 하는 스님이 산신각(山神閣)
에서 단식기도에 들어가겠다고 한다. 생식을 시작한 지 6개월이 된
다고 하는데 몸이 무척이나 약했다. 상원사에서 처음 만났을 때보다
도 더 두드러지게 약해 있다. 고등학교를 마치고 입산했다는 스님인
데 독서량이 지나치게 많아 정돈되지 못한 지식이 포화상태를 지나
과잉상태다. 그래서 두루 깊이 없이 박식(博識)하다. 극히 내성적이어
서 집념이 강하고, 몸이 약하니 극히 신경질적이고, 여러 가지로 박
식(?)하기 때문에 오만하고, 위선기(僞善氣)가 농후하다.

절밥을 오른손 손가락으로 셀 수 있을 정도 햇수밖에 먹지 않
았는데도 도인 행세를 하려고 하니 구참 선객들에게는 꼴불견이다.
틀림없는 피에로다.

남과 얘기 할 때는 상하(上下)나 선후(先後) 구별 없이 가부좌를
한 채, 눈을 지그시 감고, 말을 느릿느릿 짐짓 만들어서 하고 걸음걸

이도 느릿느릿 갈지자로 걷는다. 그러다가도 누가 자기 자존심에 난 도질을 하면 신경질이 발작하여 총알 같은 말씨로 갖은 제스처를 써 가면서 응수한다. 생식은 공부하기 위해서 하는 게 아니라 하나의 상(相)에 지나지 않는다고 그의 언행이 대변해 주고 있다. 지기 싫어 하는 뒷방 조실스님도 이 스님에게는 손을 들고 말았다. 약간 병적 인 그의 언행(言行)이 대중들로부터 지탄을 받다가 끝내는 버림을 받 았다. 개밥에 도토리 격이 된 그가 자기는 아무래도 대중보다 위대 하다는 것을 과시해 보려고 마지막으로 착상한 것이 바로 단식기도 이다. 그의 건강으로 보아 위험천만한 일이다. 이 엄동에는 더구나 안 될 일이다. 점심공양을 마친 나는 처음으로 그 스님과 마주 앉았다.

"스님, 단식기도를 하신다면서요? 이 엄동에 냉기 감도는 산 신각에서."

"예, 모두가 따뜻한 방안에서 시줏밥이나 얻어먹고 망상만 피 우면서 시비만 일삼으니 한심해서 견딜 수가 없어서입니다."

기가 콱 막힌다. 그러나 시비할 계제는 못 된다. 그와 나는 여 러 가지로 많은 차이가 있기 때문이다.

"그래서 스님이 우매한 대중의 업장을 도맡아서 녹여볼까 하 는군요."

"그렇습니다. 단식하면서요."

"고마운 생각이요. 하지만 스님, 장자경(莊子經)을 독파했다니 한단지보(邯鄲之步)를 기억하시지요? 연(燕)나라 소년이 조(趙)나라 도

성인 한단에 가서 조(趙)나라 걸음걸이를 배우려다가 조나라 걸음걸이를 배우기 전에 자기나라 걸음걸이까지 잊고 필경 네 발로 기어 자기 고국으로 돌아갔다는 고사(故事) 말이외다."

"예, 알고 있지요."

나는 서서히 그의 허(虛)를 찔러 상(相)을 벗겨보기로 했다.

"서시빈목(西施矉目)을 기억하시지요? 미인(美人) 서시(西施)가 병심(病心) 때문에 눈살을 찌푸리는 것이 예뻐 보이자 그 마을 추부(醜婦)도 흉내로 눈살을 찌푸리고 다니니 부자는 폐문한 채 외출을 금하고 빈자는 처자를 이끌고 그 마을을 떠나갔다는 고사 말이외다."

"그것도 기억하고 있지요." 그는 아니꼽다는 듯 퉁명스럽게 대꾸했다.

"스님, 누워서 한 시간 취하는 수면은 앉아서 취하는 세 시간의 수면보다 승(勝)하고, 서서 취하는 다섯 시간의 수면보다 수승(殊勝)할 것입니다. 자성(自性)을 무시하고 인간의 작위에 성명(性命)을 맡기는 자는 언제나 허위에 사로잡히기 마련이요, 구도자를 표방하고, 고행을 한다면서 양생(養生)을 외면하는 행위는 종교적 의식으로 재계(齋戒)는 될지언정 심적 재계는 되지 못할 것입니다. 고행(苦行)은 끝내 자기 학대가 아니라 자기 위주가 아닐까요."

"무서운 양도논법(兩刀論法)이군요. 마치 문턱에서 두 발을 벌리고 입(入)이냐 출(出)이냐를 묻는 것과 같군요."

"논리적인 시(是)와 비(非)를 떠나 시비를 가려 보자는 거요."

"표준의 상대성 때문인가요."

"아니요, 다만 언어의 한계성 때문이지요."

"그럼 질문에 대한 답변을 드리지요. 고행은 처음부터 끝까지 자기 학대임에 틀림없습니다. 자기 학대는 자기 훼손으로 바꾸어 말할 수 있습니다. 노자(老子)도 언급했습니다. '위도(爲道)함에 일손(日損)이니 손지(損之) 우손(又損)하여 이지어무위(以至於無爲)하면 무위이무위이무불위(無爲而無不爲)라'라고. 손(損)에 손(損)이 거듭하여 손함이 없을 때 비로소 득도(得道)할 수 있음을 말하는 게 아니겠어요. 자기 위주(自己爲主)면 타인(他人)은 벌써 안목 밖이 아니겠어요."

"타인을 무시한 자기 위주야말로 진실한 고행이 아닐까요?"

"개연(蓋然)적 판단을 떠나 단도직입적으로 결론하시지요. 개연성은 회색적인데 회색적인 것은 언제나 기회와 위선을 노릴 뿐이니까요."

"스님, 그럼 간단히 묻겠소. 스님은 지금 '일손(日損)'을 거듭하면서 고행한다고 '생각'하고 있습니까, '느끼고' 있습니까?"

"그렇습니다. 나는 고행을 생각하기도 하고 느끼기도 합니다. 어떻게 하면 철저하게 고행을 할까 하고 수단과 방법을 강구하고, 오늘처럼 단식기도를 결심하고 매식(每食)을 생식으로 대할 때마다 고행을 절실히 체감하고 있습니다."

"스님, 스님의 고행은 벌써 고행이 아닙니다. 노자는 실제로 고행을 하지 않고 다만 노자의 지혜로 고행을 유추(類推)하고 그런

말을 했을 뿐이요. 그러니까 스님의 고행은 고행 체득은커녕 체감도 못한 노자의 도(道)를 위해 던진 무의미한 희생에 불과합니다. 본래 고행이라는 것은 고행을 생각한다거나 느낀다면 이미 고행이 아닐 것입니다. 고행이라는 것을 전혀 잊고 무의식적으로 고행하게 되어야 참된 고행일 뿐입니다.”

“그렇다면 육체를 오롯이 하고서 고행이 가능하겠습니까?”

“신외(身外)에 무물(無物)이며 아생연후(我生然後)에 만사재기중(萬事在其中)이라는 속담이 있습니다. 얼핏 듣고 생각하면 극히 유물적이고 유아독존적인 것 같지만 자세히 음미해 보면 존재의 보편타당성을 표현한 극치임을 알 수 있습니다. 무한한 공간(空間), 무량한 원소(元素), 무진한 시간, 무궁한 활력(活力, 에너지)의 부단한 작용에 의해 생멸(生滅)하는, 무수한 존재 중의 하나인 나를 의식했을 때 비로소 나는 나를 찾아보게 됩니다. 나를 찾는 동안 나는 양생해야 하며 양생하기 위해선 수신(修身)해야 합니다. 이렇게 하여 나를 찾았을 때는 이미 나는 없고 다만 적멸이 있을 뿐입니다. 그런데도 엄동에 병약한 스님이 단식기도를 해야 하겠어요?”

“그런데 그 적멸이라는 게 뭔가요? 우리를 이 산속에까지 유혹해 온 그 적멸이라는 것 말입니다.”

“나는 적멸을 모릅니다. 그러나 적멸은 문자로써 표현할 수 없으며 적멸을 말하면 벌써 적멸이 아니라는 것은 알고 있습니다. 적멸을 말함은 마치 장님들이 코끼리를 만지면서 지껄였다는 만화

(漫話)에 지나지 않습니다. 다만 성성(惺惺)히 오득(悟得)해야 할 뿐입니다. 적멸이니 피안이니 하는 사치스러운 용어를 쓰는 것은 나의 노파심 때문입니다만 그것은 어디까지나 처음부터 끝까지 어휘로써 빌려 쓴 것뿐입니다."

"그래도 저는 단식기도를 강행하렵니다. 저는 스님이 아니니까요."

"그렇다면 어쩔 수 없지요."

정말로 어쩔 수 없는 일이다. 나로서는 역부족이다. 도인(道人)이 아닌 바에야 누가 선객의 고집을 꺾을 수 있으랴. 돌아앉으면서 고소를 금치 못할 언어의 유희와 시간을 생식하는 스님과 내가 가졌다는 것은 나의 미망(迷妄) 때문이었을까. 그러나 생식하는 스님은 사흘을 넘기지 못하고 바랑을 걸머진 채 떠나고 말았다. 문자 그대로 작심삼일(作心三日)이었다. 뒷방 조실스님이 떠나는 스님의 등 뒤에 대고 하는 말이 걸작이다.

"그래도 일말의 양심은 남아 있었구만."

열
반
에
이
르
는
길

뒷방에서는 바랑 꾸리기에 바쁘다.

내일이면 동안거가 끝나기 때문이다. 나도 바랑을 꾸려 놓았다.

봄이 밀려오는 탓인지 양광(陽光)이 따사로운 오후다. 지객스님과 같이 빨래터에서 내의를 빨아 널고 양지쪽에 앉았다. 내일 헤어진다고 생각하니 아쉬움이 앞선다. 앉을 때도 잠자리도 바로 이웃이었고, 며칠만큼씩 얘기도 나누었던 사이인 탓이다.

지객스님이 먼저 입을 열었다.

"인간은 자기 스스로가 스스로를 완성시켜야 한다는데 선방에서의 햇수를 더할수록 알 수 없는 어떤 타의에, 그리고 신비에 끌려가는 기분이 가끔 드는데 그게 정상일까요."

"어려운 질문이군요. 그러나 선객에게 가끔씩 찾아오는 극히 자연스러운 감정이기도 합니다. 그래서 부처님은 아함경을 통해 가르치고 있습니다.

'여기 한 사람이 독이 묻은 화살을 맞아서 쓰러져 있다고 하자. 친구들은 의사를 부르려고 하였으나 그 사람은 먼저 화살을 누가 쏘았는지, 이 화살을 쏜 활은 어떤 모양인지, 그리고 독은 어떤 종류의 것인지 등을 알기 전에는 그 화살을 자기의 몸에서 빼내서 치료해서는 안 된다고 했다 하자. 그렇게 되면 그 사람은 어떻게 되겠는가. 그는 그 사실들을 미처 알기 전에 죽고 말 것이다.'

형이상학적 문제만 붙잡고 공론(空論)에 시간을 보내는 동안 그 사람은 죽어가고 있다는 말입니다. 이 세상은 유한한가, 무한한가, 또 신은 있는가, 없는가 하는 문제가 해결되었다고 해서 지금 괴로워하고 있는 인생의 문제가 해결되지 않는다는 것이 부처님 교설의 의취(意趣)입니다. 극히 실존적이라 할 수 있습니다. '인간이란 자기의 존재에 있어서 자기의 존재가 문제가 되는 존재'라고 사르트르가 말했습니다. 그러면서 그는 '나는 타인에 대하여 필요 이상의 존재이며 타인도 나에 대하여 필요 이상의 존재'라고도 했습니다. 그러면서 결론을 내립니다. '원죄(原罪)란 타인이 있는 세계 중에 내가 태어난 것'이라고. 비정하나마 인간 실존의 참된 표현입니다.

인간은 자기의 존재를 문제 삼아야 하고 또 자기 자신이 그 문제를 풀지 않을 수 없는 존재입니다. 이것이 불교의 출발점이며 실존주의의 출발점이기도 합니다. 현대의 지식인들이 불교에 귀를 기울이는 이유는, 실존주의가 배후 세계의 망상[神學]을 거뜬히 파괴하기도 하고 타기했다면서도, 신의 율법 밑에서 사는 인간을 인간의 율법 밑에서 살 수 있도록 인간의 율법을 제정하지 못하고 인간은 무책임하게 던져진 단독자라고 하기 때문이며(하기야 그들은 아무리 현명해도 중생이기 때문에 인간의 실상을 적나라하게 파헤칠 순 있었지만 수습하고 구원할 수 없을 뿐입니다만), 또 하나의 보다 큰 이유는 근래의 기계 문명이 인간을 평균화하고 집단을 단위화함으로써 인간 실존을 위협하는데, 불교는 백팔번뇌를 지적하면서 열반의 길을 가르치고 있기 때문입니다."

"그러나 스님, 인간은 끝내 인간의 범주 내에서 인간의 조건과 같이할 뿐이지 초월하거나 탈피할 수는 없지 않을까요."

"물론이지요. 인간은 초월될 수가 없습니다. 그러나 완성될 수 있고 인간의 조건은 조화될 수 있습니다. 불교는 인간의 완성을 위해 선(禪)을 내세웠고, 인간은 선을 통하여 완성을 가능케 하고 있습니다. 선은 신비가 아니고 절대자의 조종을 받는 그 어떤 것도 아닙니다. 인간 완성을 위한 길입니다. 즉 열반으로 이르는 길입니다."

"인간 완성을 열반에 귀결시키는데 그렇다면 열반은 현실태(現實態)입니까? 가능태(可能態)입니까?"

"실존주의는 말하고 있습니다. '모든 것은 현실태로 있는 것이지 가능태로 있는 것은 없다.' 즉 일원론적인 현상은 현실밖에 없다고 하면서, 현상 뒤의 어떤 실재, 어떤 영원한 세계를 말하는 것은 잠꼬대라고 합니다. 그러면서 현실에서 인간이 완성될 수 있는 길을 열지는 못하고 있습니다. 이것이 바로 실존주의의 함정입니다.

불교에서 말하는 열반은 생명이 단절된 죽음의 저편에 때로 존재하는 세계를 말함이 아니고, 부조리하고 무분별한 실재(百 八煩惱)를 받아들이고 그것을 조화시킨 생명력을 말하는 것입니다. 무의 인식에서 반야를 밝히는 힘이 열반인 것입니다.

이 무여열반(無餘涅槃)은 아집의 색상(色相)에서 해방된 세계를 말합니다. 그러므로 진제(眞諦)는 열반이고 속제(俗諦)는 유무입니다. 유무에 얽매임은 현실적인 생사이나, 열반에 들어옴은 영겁(永劫)에 의해 해탈된 것입니다.

'열반이란 신 없는 신의 세계이며 시여(施與)함이 없는 신의 시여(施與)'라고 하일러는 말했습니다. 신 없는 세계의 신, 이것은 곧 완성된 인간을 의미함이요, 주는 자 없이 주어지는 것은 완성된 인간의 내용을 의미합니다."

"완성된 인간이 곧 신이 아닐까요. 그래서 인간의 의식이 가능했던 고대로부터 현대에 이르기까지 갖가지 신이 창조되고 군림했던 게 아닐까요?"

"전지전능하다는 신을 동경하고 메시아 재림의 날을 기다리는 사람들이 있습니다. 만일 그런 시일이 미리 결정되어 있다면 인간은 자유 없는 꼭두각시에 불과합니다. 절대자의 괴뢰(傀儡), 신의 노예, 그러한 천국이 있다면 나는 차라리 고통스러워도 자유로운 지옥을 택하겠습니다. 그러한 극락이 있다면 나는 차라리 도망

쳐 나와 끝없는 업고의 길을 배회하렵니다."

"극히 인간적이군요."

"불교인이기 때문입니다. 불교는 처음부터 끝까지 인간[衆生]으로 시작해서 인간[道人]으로 끝납니다. 부조리한 백팔번뇌의 인간이 조화된 열반에 이르기까지의 길을 닦아 놓고 가르치는 것이 바로 불교니까요."

"좀 더 화두에 충실해야 하겠군요."

"그렇지요. 순간의 생명도 보장받지 못한 채 살아가는 것이 바로 인간입니다. 어찌 순간인들 화두를 놓을 수가 있습니까. 화두를 놓으면 중생이요, 화두를 잡고 있는 한 열반의 길에 서 있는 것인데…"

저녁 공양을 알리는 목탁소리가 들렸다. 우리는 일어섰다. 그리고 천천히 걸었다. 천천히 걸어가지만 선객은 내심 그렇게도 무서운 절박감 속에 살아간다.

解制

해제 그리고 회자정리

會者定離

해제 날이다. 새벽 두시다. 모두들 들뜬 기분이어서 벌써들 일어났다. 도량석을 하는 지전스님의 염불소리가 무척이나 청아하다. 산울림도 청아하다. 신라 대종이 울린다. 무겁고도 은은하다. 산울림도 은은하다.

아침 공양이 끝나자 곧 조실스님의 해제 법문이 시작되었다. 법상에 앉아 주장자를 짚은 조실스님은 언제나처럼 자비롭다.

"일즉다 다즉일(一卽多 多卽一) 색즉시공 공즉시색(色卽是空 空卽是色)은 불교의 중도를 표현한 극치다. 중도란 가치의 변증법적인 종합이요, 통일이다. 대소와 고저의 가치를 분간하여 자타를 넘어서 크고 높은 가치를 실현하는 일이다. 여기에 대승의 진리가 잠겨져 있다. 양극에 부딪쳐 상극분(相剋分)에 그치지 않고 더 높고 큰 가치로 지양 종합하여 나아간다. 중도란 단순한 중간이나 중립을 의미하는 것이 아니다. 무궁무진한 불교의 정신에서 다즉일(多卽一)

의 진리를 선양하는 데 그 본의가 있다. 일즉다(一卽多)이다."

법문의 요지다. 불교의 중도는 역의 태극이나 자사의 중용이나 아리스토텔레스의 중용에도 상통한다. 상극의 초극이야말로 진실로 인간의 가장 긴요한 일이 아닐 수 없다. 여기서 비로소 인간의 순화, 지상의 정화가 이루어질 것이기 때문이다. 그러나 그것은 개개인의 마음에 달려 있을 뿐이다. 개인의 순정한 마음 없이 사회의 복지가 성립될 수 없기 때문이다.

점심 공양을 일찍 마친 스님들은 가사와 발우를 바랑 속에 넣고 꾸렸다. 사중에서 떠나는 스님들에게 여비조로 천 원씩 주어졌다.

회자정리(會者定離)다. 그러나 이자정회(離者定會)를 기약한 이별이기도 하다. 선객은 어느 선방에서든지 또 만나게 된다. 선객으로 있는 한. 나도 바랑을 걸머졌다. 황금색 낙엽길을 밟고 올라왔었는데 은색의 눈길을 밟으며 내려가고 있다. 지객스님과 나란히. 갈 곳이 무척이나 멀어서일까. 갈 길이 무척이나 바빠서일까. 반가이 맞이해 줄 사람도 곳도 없는데, 대부분의 스님들이 걸음발을 빨리하여 우리들을 앞질러갔다.

지객스님이 물어왔다.

"스님 어디로 가시렵니까?"

"설악산으로 가렵니다. 그리고 토굴 생활을 하렵니다. 권태와 나태로부터 해방되기 위해서입니다. 나태로부터 도피하기 위해 나태의 온상 같은 토굴로 들어가서, 권태로부터 해방되기 위해 권태의 표본 같은 기계적인 생활을 하렵니다. 견성(見性)은 대중 처소에서보다 토굴 쪽에서 가능하다는 것을 저는 믿고 있기 때문입니다."

나도 지객스님에게 물었다.

"스님은 어디로 가시렵니까?"

"저는 남방으로 가렵니다. 그리고 선방으로 가렵니다. 내가 나태해질 때마다 탁마가 필요했고 권태로울 때는 뒷방이 필요했습니다. 뒷방을 들여다 볼 때마다 공부하지 않고는 견딜 수가 없으니까요."

우리는 월정사 층층계 밑에서 헤어졌다.

"성불하십시오."

"성불하십시오."

남방행인 그 스님은 월정사로 들어갔고 나는 월정사를 뒤로 한 채 강릉을 향해 계속 나아갔다.　　　　　　　⚲

몰종적이 도리어 신화화되니 • 지허 스님을 위한 변명

원철 스님 | 대한불교조계종 교육원 불학연구소장

선사들의 삶은 하늘을 나는 새처럼, 헤엄치는 물고기처럼 작용은 하지만 절대로 작용의 자취는 남기지 않는 것을 이상으로 삼았다. 이것을 임제 선사는 '용처시무처(用處是無處)'라고 하셨다. '일기 같은 어록'만 남기고 사라진 지허(知虛) 스님도 그런 삶을 추구했을 것이다. 하지만 남은 이에 의해 온갖 추측이 난무했다. 그를 대신한 변명을 붙였다.

먼저 지허도 법명이 아니라 필명일 가능성이 농후하다. 그런 이유로 승적부에도 문도회에도 그 흔적은 없었을 것이다. 애시당초 그는 세상에 이름을 알릴 생각이 전혀 없었던 까닭이다. 그럼에도 '신동아'에 근무하는 지인이 그의 재주를 아깝게 생각하여 (그리고 특종을 위한?) 연재를 권했던 것이 아닐까? 인간관계상 거절할 수 없는 처지인지라 마지못해 응했을 것이다. 그리고 그 책에 연재한 것은 당시 절집에 변변찮은 지면이 없던 시절인 까닭도 한몫했다. 애써 유명잡지를 일부러 찾은 것도 아닐 터인데 본인의 의사와는 무관하게 세간의 이름 있는 월간지를 선택한 것처럼 남들에게 비쳐졌다.

　　그런 전후 사정들이 괜찮은 인맥의 소유자로 보였을 것이고 글 내용 속에 상당한 양의 '먹물'이 묻어나는 걸로 봐서 고학력일 것이라고 추측하게 된 것이다. 그런 상상력이 급기야는 '서울대'로 둔갑되었고 묘연한 종적은 '천재의 요절'로 마무리되었던 것 같다. 이것은 중생들 생각흐름의 보편적 패턴이다. 결국 몰종적(沒踪迹)은 도리어 신화화(神話化)의 전철을 밟아버린 것이다.

그는 철저한 중도론자였다. 그래서 '중도(中道)'에 대한 이해를 바탕으로 당신 사상을 정리해 나갔다.
　　'버림받지는 않았지만 추앙받지도 못했다' '환영도 거부도 하지 않았다' '불만도 없었지만 만족도 없다' '다정과 앙숙이 오락가락하는 사이'라는 평이한 언어이지만 그런 형식의 나열 속에서 그가 지닌 가치관의 일단을 유감없이 보여 주었다. 그리고 '피안의 길이 열려 있지도 않지만 열반이 눈앞에 있지도 않다'라든지 '유무(有無)가 단절된 절대무(絶對無)의 관조(觀照)에서 견성이 가능하다는 선리(禪理)를 납득하려고 하면 할수록 현존재인 육체의 유무에 얽히게 되고, 사유를 가능케 하는 정신의 유무에 얽매이게 되기 때문이다'라고 하여 이론과 함께 실참(實參)의 경지를 동시에 보여주는 중도적 내공을 유감없이 발휘하고 있다.

동서양의 고전은 물론 성경 인용까지 두루 한 것으로 보아 독서량이 만만치 않으면서도 '꼭 필요한 구절'만 적재적소에 인용하여 선사답게 절제된 표현을 사용할 줄 알았다. 이러한 그의 성정은 같이 살던 어떤 스님에 대한 평가 속에서도 고스란히 드러난다. '고등학교를 마치고 입산했다고 하는데 독서량이 지나치게 많아 정돈되지 못한 지식이 포화상태를 지나 과잉상태이다. 그래서 깊이 없이 박식하다. 그 박식(?)땜에 오만하고 위선기가 농후하다'라고 하였다. 일이관지(一以貫之)가 되지 않는 잡학을 극도로 경계하고 있음을 알게 해준다.

어쨌거나 참 수행자는 자취를 구하지 않는다. 아니 그보다는 구할 것이 없기 때문에 흔적이 없다고 한 것이 맞을 것이다. 그래서 대매법상(大梅法常) 선사에게 '조사서래의(祖師西來意)'를 물으니 '서쪽에서 오신 뜻이 없다(西來無意)'라고 단언했던 것이다.

이처럼 지허 스님이 이 책을 남긴 것도 사실 제대로 알고 보면 남긴 것이 아니다. 그럼에도 불구하고 당신의 의지와는 상관없이 이미 두 번이나 판(版)을 달리하여 세상에 나왔고 또 많은 이의 서가를 장식했다.

이런 짓거리를 보고서 스님은 이렇게 말씀하실 것 같다.

"몸을 숨긴 것은 본래 종적이 없었기 때문이다. 허공으로 날아간 새의 흔적을 더 이상 찾지 말라."

2554(2010) 납월에

"책만 남기고 사라진 사람"

강금실 | 전 법무부장관

3년 전 출판한 산문집에 지허 스님의 『선방일기』를 인용해서 글을 쓴 적이 있다. 난 그 때 지허 스님을 이렇게 표현했다. "책만 남기고 사라진 사람." 1973년 한 월간지에 『선방일기』가 처음 선을 보였다고 하는데, 스님은 지금쯤 살아계신 건지, 아니면 열반에 드신 건지 그 행방조차 알 수 없다. 세속을 철저히 떠난 스님이 이 글을 남겼으니, 이건 마치 이승에 태어난 인연으로 불쌍한 중생에게 스님이 주신 귀한 보시로 여겨진다.

2000년에 이 책이 나왔을 때, 나는 이 책을 항상 곁에 두고 읽었고, 주위 사람들에게 자주 선물로 주곤 했었다. 법무부에 갔을 때는 검사들에게도 이 책을 선물로 주었다.

『선방일기』는 어느 해 10월 15일부터 다음 해 1월 15일까지 오대산 상원사에서 있었던, 동안거(冬安居)라고 부르는 선방의 수행일과를 기록한 책이다. 세속과 다른 그 세계는 접하는 것만으로도 특별한 경험이라서 신선하였고, 의외로 인간적이었다. 김장과 메주 쑤기로 겨울나는 채비를 하고, 감자를 훔쳐내 구워먹는다든가, 만두를 빚으며 온갖 모양을 흉내 내고 장난친다든가 하는 훈훈한 웃음이 배어나오게 하는 에피소드로 이야기가 풍성했다.

출가해 세속을 떠나는 것만으로도 세상의 이면으로 들어가는 매우 심각한 결단인데, 그 안의 선방 수행은 모든 것으로부터 차단된 채 견뎌내야 하는 혹독한 구도의 과정이다. 몸의 습속과 모든 기억과 싸워 이겨내는 이 벼랑끝같이 험난하고 아슬아슬한 과정의 긴장을 풀어주고 이어주는 선방의 인간적인 풍속, 인간 갈등들이 고스란히 드러나 있다.

수행의 마지막 관문은 잠을 전혀 안자고 수마(睡魔)와 다투는 일주일 동안의 용맹정진이다. 지허 스님은 용맹정진을 무사히 마치고 아침 찰밥 공양 후 가벼이 산행을 한다. 용맹정진 후 "고뇌의 절망적인 상황에 이르러 끝내 좌절하지 않고 고뇌할 때 비로소 기연을 체득하여 해탈하는 것이다. 극악한 고뇌의 절망적인 상황은 틀림없는 평안이다. 왜냐하면, 극악한 고뇌의 절망적인 상황은 두 번 오지 않기 때문이다. 마치 죽음을 이긴 사람에게 죽음이 문제가 되지 않는 것과 같다. 죽음은 결코 두 번 오지 않는다."고 기록하고 있다.

이제 10년만에 『선방일기』가 재출간된다. 지허 스님의 책에 추천사를 쓰는 영광을 누리면서 10년전 이 책을 읽던 나와, 지난 10년의 시간을 돌아보게 된다. 세속과의 겨룸에서 너무 힘들어하고 허덕대던 나는 내면에서 많이 차분해졌다. 그러나 왠지 내가 존경하던 지허 스님으로부터 더 멀어진 느낌이 든다. 세상이 익숙하고 편안해질수록 뭔가 놓쳐가고 있다. 보이는 것들에 매몰돼서 삶이 그 손바닥 안에 놓여있을 뿐인 거대하고 무한한 근원을 보려하지 않는다. 책만 남겨두었을 뿐, 그 행방조차 알 수 없이 보이는 세계를 벗어난 사람, 그 지허 스님을 지금 여기에서 다시 만나 가만히 들어본다.

그가 가고자 한 거대한 세계로의 여정에 대해서, 그 무한한 근원의 서사적 침묵에 대해서.

2010년 12월